実話怪談　幽廓

牛抱せん夏

竹書房
怪談
文庫

目次

※本書に登場する人物名は様々な事情を考慮して仮名にしてあります。

帰り道

塾を終えた夏美さんは自転車に飛び乗ると、いつもの大通りとは別な裏道へと進んだ。

夜は人通りもなく淋しい道だが、ここを通ればかなりショートカットができる。鼻歌を歌いながらペダルをこいでいく。住宅街に入り少し行くと十字路が見えてきた。十字路の手前で少し速度を落とす。

そのとき、ふと見ると右前方にカーブミラーがあり、左方向の坂道から自転車が勢いよく下ってくるのが映っていた。

肌着姿のおじいさんだ。かなりのスピードが出ている。

夏美さんはぶつからないように更に速度をゆるめると、十字路の前で自転車を止め、おじいさんが通り過ぎるのを待つことにした。

ところがいくら待ってもおじいさんの自転車は下ってこない。あれほどスピードを出していれば一瞬で通りすぎるはずだ。

不思議に思い、おじいさんが走ってきた坂道の方へ首を伸ばして覗いてみた。

おじいさんの姿はない。

（おかしいな）

と思ったときだった。悪寒が走り振り向くと、カーブミラーいっぱいに先ほどのおじいさんの巨大な顔があり満面の笑みを浮かべながらこちらを見ていた。

こっちだよ

家族旅行へ行った長谷川さんが、地元の鹿児島空港へ戻ってきたときのこと。

母親とともに飛行機を降りると、荷物受取場へと続く通路を歩いていた。出口へ向かって多くの人が歩いていく。

「お腹すいたから帰りにどこか寄ってご飯食べていこう」

母親の言葉に「うん」と返事をしたそのときだった。突然まわりの景色から色が消えた。消えたというよりもモノクロになったという表現が正しいのかもしれない。

長谷川さんはそのとき「空間が変わった」と感じた。

やがて通路の向こうから異様に背の高い男がひとり、流れに逆らうようにこちらに向かって歩いてきた。

「あれ」

「だめ」

長谷川さんと母親が同時に言葉を発したとき、男は口をぽっかりと開け、勢いよくとびかかってきた。

(ああ、もう手遅れだ)

「こっちだよ」

瞬間的に目を閉じた長谷川さんの耳元で、
声がして、誰かに真横へ引っ張られ勢いよく尻もちをついた。

我に返ると男の姿はなく、色のある空間へ戻っていた。

長谷川さんの横で母親も同じく尻もちをついている。

「ありがとう母さん、助けてくれて」

「え？　助けてくれたのはあんたじゃない」

「こっちだよ、って引っ張ってくれたの母さんじゃないの？」

「私じゃない。でも私もその声聞いた」

いったい誰に助けられたのか、なぜモノクロの世界になったのか、あの男はいったい誰なのか、まったく検討もつかないそうだ。

けもの

真夜中、高山さんはふと目を覚ました。
布団の上に身を起こし、時計を見ようとしたが暗くてわからなかった。
家族は寝息をたて、ぐっすりと眠っている。
ふいに全身に鳥肌が立つのを感じ、立ち上がると台所へと向かう。
換気扇の羽が左右に小刻みに揺れている。
そこからなにか、獣のような鳴き声が聞こえる。
（なんだ？）
椅子を持ってくるとそこへ乗り、換気扇を覗いた。
声は更に大きくなる。
熟睡しているのか家族は誰も起きてこない。

鳴き声はやむことなく大きくなっていく。

顔を近づけ（なにもいないよな）と思ったときだった。

「おい、助けろよ」

という声がしたと同時に、換気扇の中から毛むくじゃらのしっぽのようなものが、にゅっと出てきて引っ込んだ。

鳴き声はしだいに遠ざかっていった。

まったく状況がつかめず、寝ていた家族を起こすとみんなで換気扇や部屋の中、家の外までを調べたがなにもいなかった。

墓掃除

夕方、日が傾きはじめたころ祖母が唐突に、

「墓掃除に行く」

と言い出した。

「こんな時間に？　明日で良いだろう」

家族は反対したが、祖母は頑《かたく》なに「今しなきゃだめだ」そう言って聞かなかった。

それを見ていた伯父が、

「勝手に行かせればいい。放っておけ」

声を荒げ、読んでいた新聞をクシャッとまるめた。

墓があるのは家の前の坂道を十五分ほど行った山のふもとだ。

日が落ちると一瞬にして真っ暗になる。日が落ちてからも祖母はなかなか帰ってこ

なかった。あたりが闇に包まれ夜の七時をまわるころ、ようやく帰ってきた。

翌朝、伯父が突然亡くなった。くも膜下出血だった。

ふだんと変わらず眠った伯父だったが、朝ごはんの支度ができて呼びに行ったときにはすでにこときれていた。

まさか自分の息子が入る墓を掃除しに行くことになるとは、祖母も想像していなかっただろう。伯父もまた、自分が入ることになる墓の掃除を母親がしに行ったとは思いもしなかったに違いない。

蝶

伯父が急逝し、妻である伯母の落胆は相当なものだった。

仏間に布団を敷き白装束に着替えさせ、葬儀屋が帰ると伯母は冷たくなった伯父の体にしがみついて泣きじゃくっていた。

なんだか現実味がなく（ドラマみたいだな）と、私は冷静にその光景をぼんやりと見つめていた。

祖父母は部屋の隅で静かに泣いていた。

遠い親戚や本家の人たちが忙しそうに食事の支度をしている。

伯母はもう二度と動かない伯父の頬を触りながら、

「愛してるよ」

と言って唇にキスをした。何度も何度もキスをしていた。

それから「寒いだろう」と布団をめくると「あっためてやるからな」と言って、冷たくなった伯父の足に自分の足を付けたり手でさすったりしていたが、少しすると思い出したように泣き出した。そのくり返しだった。

するとどこから入ってきたのか一匹の蝶がひらひらと飛んできて、泣いている伯母の肩にとまった。真っ青で小さなその蝶は、伯母の肩でゆっくり羽を閉じた。

伯母はそのことに気がついておらず、泣き続けている。私はぼんやりとその蝶を眺めていた。やがて蝶は肩をよじ登り、少し飛んだかと思うと伯母の唇にとまった。それでも伯母は泣いている。蝶は唇にとまったまま羽を優雅にひらひらとさせていた。

「不思議なもんだなあ」

部屋の隅にいた祖母がつぶやいた。祖母もその蝶を見つめていた。

食事が終わり、客人も帰ると真夜中になった。

線香を絶やさぬよう家族は仏間で寝ずの番をしていた。その間も青い蝶は伯母からかたときも離れようとしない。トイレに立つとそのまま伯母を追ってひらひらと飛んでいく。戻ってきて横になると蝶はまた伯母の唇にとまった。

葬式の朝が来るまでの二日間、伯母は伯父のそばをかたときも離れなかったのだが、その蝶もまた伯母のそばを離れることはなかった。

火葬場へもついてきた。火葬炉の前で最期のお別れが終わり、骨上げをするまでの間、控え室で待機していた。一時間後に骨上げをしたあと墓へ納骨したときにふと見ると、いつの間にかあの青い蝶の姿は消えていた。

エンゼルケア

病院では人が亡くなったあと「エンゼルケア」という遺体をきれいにする作業が行われる。各病院により処置方法はさまざまなのだそうだ。

看護師の橋本さんが担当していた七十代の男性が亡くなった。

家族に連絡をしたがつながらなかった。ほとんど見舞いへ来ることもなかった。

日中であれば複数人の看護師とともに行うエンゼルケアだが、このときは夜中で人手が足りなかった。当直の医師による死亡確認が済むと、橋本さんはひとりで作業をはじめた。

「長い間、お疲れさまでした」

声をかけると、今まで使用していた医療機器をはずし、遺体をタオルで拭きはじめた。

これまで何人の患者を見送ってきただろう。看護師になりたてのころは、患者を見送ることがつらく、何度も泣いてきた。しかし環境にも慣れると単なる作業となり涙を流すことなどなくなった。

体を拭き終えパジャマを脱がせ、病院備え付けの白装束に着替えさせようとしたときだった。

背後から誰かに肩を叩かれた。

橋本さんは振り向きもせず作業を続けた。するとまた叩かれる。

無視をし続けた。橋本さんには、長年の経験からこれが人ではないことがわかっていたからだ。驚かないわけではなかったが、それ以上に忙しかった。

その後も何度も背後から肩を叩き続けられたが、白装束への着替えが終わり、遺体の手を胸の上で組ませ、その顔に白布をかけると肩を叩かれる現象はなくなった。

エンゼルケアが終わると遺体は葬儀屋へ引き渡すことになる。しかし、再度家族に連絡をしてもやはりつながらなかったため、遺体は地下の霊安室へ移動し、一泊させることにした。

翌朝、亡くなった患者の息子夫婦が病院へやってきた。

白装束姿の遺体を見た息子夫婦は「我々は韓国人です。着替えさせてほしい」と言った。そして朝鮮の民族衣装を差し出した。

昨晩、白装束へ着替えさせているときに何度も背後から肩を叩かれていたのは「その衣装ではない」と何者かが言っていたのではないかと橋本さんは感じたという。

手

伊藤さんの祖母が痴呆症になった。

おばあちゃん子だった彼は、孫の顔もわからなくなっていくその姿を見ていることが悲しかったが、しだいにその生活にも慣れていった。

祖母の痴呆は更に進行し、言葉を話すこともできなくなり夜中に家の中を徘徊することも珍しくなかった。

平日の日中はデイサービスに預け、両親も伊藤さんもその間は勤めに出ていた。

ある平日、仕事が休みだった伊藤さんは、昼前まで二階の自室で眠っていた。

空腹で目が覚め一階のリビングへ降り、菓子パンをかじりながらソファに腰かけた。パンを食べ終えると今度は携帯でゲームを始めた。

カラカラカラ……

ソファの後ろでリビングの戸が開く音がした。

肩ごしに見ると、少し開いた戸の隙間から、廊下から手だけが入り壁をつかむように貼りついている。

痴呆症の祖母の徘徊がまたはじまったのだと思い、そのまま放っておくことにして再び携帯に目を落とした。

しばらくすると今度は隣の部屋からコンコンとノック音が聞こえた。痴呆症なのでこうした行動をとることも時おりあったため特に気にしなかったが、このときふと時計を見て疑問を感じた。

（あれ？　今日平日だよな）

平日は毎朝八時半にデイサービスの迎えが来るため、日中、祖母は家にはいないはずだ。両親も仕事に出かけている。

立ち上がり、隣の部屋の壁をノックし、

「ばあちゃん？」

声をかけた。するとすぐにノックが返ってきた。

（やっぱりいるのか。今日はデイサービス行かなかったのかな。昼飯食べさせないと）

伊藤さんは扉を開けた。

祖母の姿はなかった。


夕方、デイサービスから帰宅した祖母を見てあることに気がついた。

昼間、リビングに入ってきたあの手は真っ白でつるんとしていた。祖母の手は、長い間家事をしてきた証のような染みや皺《しわ》がある。祖母の手でないことはひと目でわかるはずなのだが、そのときには気がついていなかった。

そしてあの手には真っ赤なマニキュアが塗られていた。

誰の手だったのかはわからない。

くるくる

埼玉県にある一軒家で、ご主人と小学生の息子の三人で暮らしている主婦の方から聞いた話だ。

息子が生まれた年に犬を飼うことになった。動物と過ごすことで優しいこどもに育ってほしいと思ったという。知り合いから子犬を譲ってもらい、家族として迎え入れた。

人間の赤ん坊を初めて見た犬は最初こそ戸惑っていたが、いつしか息子と兄弟のように常に寄り添うようになった。

息子が六歳になったころ、犬は病気になり手術をすることになった。

手術当日は息子を幼稚園へ送ったあと動物病院へ顔を出し、家に戻ってきた。

家事を済ませテーブルでひと息つこうと座ったときだった。

部屋の鴨居にかけてあった犬の散歩用のリードが突如くるくると回転しはじめた。

窓は閉めきっておりエアコンもつけておらず無風なのだが、勢いよく回り続けている。

時計を見るとちょうど犬の手術の最中だった。リードは更に激しく回転を続けると、突然上下に伸び、途中からちぎれて半分が床に落下し動きを止めた。

ほどなくして動物病院から犬が死んだことを知らされた。

そのリードは、いつも息子と犬が遊んでいたもので、噛みあとも付きボロボロになっていたが、彼らにとっては大切なおもちゃだったそうだ。

影

達也さんが高校生のころ、父親が癌《がん》になり入院することになった。

終末医療でできるだけ一緒にいたいと思い、母親と交替で病院に寝泊まりする生活がはじまった。

パート勤めをしていた母親が倒れたのは、父親が入院して一ヶ月が経ったころだった。これまでの疲れが一気に出たのだろう。高熱で寝込んでしまった。そのため病院へは、しばらくの間、達也さんひとりで行くことになった。

母親は「私も行く」と言って無理に起きようとしたが「熱がある人間が病院へ行ったら患者たちに迷惑がかかるだろ。父さんだって喜ばないよ」と、なんとかなだめ、金土の夜は病院へ宿泊することにした。

父親が入院する部屋は狭い個室だった。

消灯時間を過ぎると、達也さんも父親が眠る介護用ベッドの脇にあるソファに横になった。

土曜日の深夜のことだった。達也さんはふと目を覚ました。

真っ暗な部屋のなか、すぐそばに父親以外の気配がある。

父とは枕を同じ方向にして並んで横になっているので、眠っている姿が見えるはずなのだが、視界をなにかが遮っていてまったく見えない。

（なんだろう）

不思議に思った達也さんは起き上がり、暗がりのなか目を凝らしてみた。すると、父親のベッドと今自分が座っているソファの間に、黒い影のようなものが立ちはだかっている。

（人じゃない）

するとその黒い影から手のようなものが出てきたかと思うと、達也さんの腹部あたりをグッと掴んだ。それは外側ではなく内側に入り、内臓を掴まれたような激痛が走った。影はその手を引き抜くとそのまま部屋を出ていった。

翌日、達也さんの父親は急死した。

父とあの影になんの関係があるのかはわからないが、前夜、なにものかに掴まれ激痛が走った内臓の部分は、父が患っていたすい臓のあたりだったという。

礼法室

新村さんが通っていた私立の女子高には「礼法室」と呼ばれる和室があった。第一と第二の二部屋があるのだが、第一礼法室は長い間閉鎖されており使用されていなかった。理由は誰も知らなかったうえ、それを疑問に思う者もいなかったという。使用されている第二礼法室では、ふだんは華道部やカルタ部の部活動のほか、伝統文化を学ぶ特別授業などが行われていた。

ある年の十月のことだ。文化祭でフリーマーケットを開催することになり、新村さんは運営のリーダーを任された。メンバーは新村さん含め九名だ。

学生や近隣の住民たちから品物を提供してもらい、それを売るのである。当初さほど集まらないと予想していたのだが、思いのほか相当数の品物が寄付され、学校側も保管場所に困るほどになった。

やむなく長年使用されていない第一礼法室を倉庫にすることになった。

文化祭が二日後に迫った放課後。

新村さんたちは第一礼法室の中央に物を広げ、値段付けや商品ごとに仕分けをする作業をしていた。

二十畳ほどの広さのある畳張りの部屋で、片側の壁には押入れと天袋がある。

つい真新しい商品に目がいき、その都度みんなではしゃいでしまう。

「あと一時間で今日の作業は終わりにしよう。ここから集中してやっちゃおう」

新村さんがメンバーに声をかけたときだった。

ガガガガ……

突如工事現場のような物音がしたかと思うと、礼法室が揺れはじめた。

「え。なにこれ。地震じゃないよね」

メンバーたちも突然のことに驚いた表情であたりをキョロキョロ見回した。

音はかなりの至近距離から聞こえる。それをたどっていくと、どうやらこの部屋の押入れからのようだ。

新村さんは音のする方へ近づいた。

メンバーは気味悪がって部屋の隅に寄って固唾《かたず》を飲んでいる。

彼女は押入れの襖《ふすま》に手をかけ、そっと開けてみた。

中には壊れた掃除機や花瓶などがホコリをかぶって置かれていた。

それらはユラユラと揺れている。音をたどると、この押入れの上の方からだ。いったん襖を閉めると新村さんは椅子を持ってきてその上に乗った。

「なにしてるの？」

メンバーの質問には答えずに天袋の戸を開けた。中にはなにもなかった。

途端に音と振動はピタリと止んだ。

天袋の天井には蓋があり、ガムテープで固定されている。

新村さんは戸を開けたまま椅子を降りると、押入れに背を向けて床に座った。そしてなにも言わず作業に戻った。

部屋の隅で固まっていたメンバーもそれに従い、無言で作業を再開した。

それから間もなくのことだった。新村さんの対面に座っていたメンバーのひとりが悲鳴をあげた。天袋の方を見つめている。

新村さんが振り向くと、そこには逆さまになった男が手をだらんと垂らしぶら下がっていた。大きく開いた口から、なにか液のようなものが垂れ、目玉は半分飛び出していた。

転げるようにメンバーたちは部屋を出ていった。新村さんも一度は部屋を出たが、ひとりで戻ってみると男の姿はなくなっていた。

すぐに先生を呼びに行き調べてもらったが、やはりそこには誰もいない。天袋の天井の蓋もさきほどと変わらずガムテープでしっかり固定されていた。

先生は「今日はもう帰っていいぞ」と言って、逆さまの男についてはなにも触れなかった。

翌日、フリーマーケットの商品は別の場所へ移動し、第一礼法室は再び使用禁止となり、それからもう六年になる。

「先生たちはなにか知っているはずなんですけど、誰に聞いても教えてくれませんでした。不自然なくらいみんな目を逸らすんですよ。今現在も使用されていないそうですよ」

青年

数年前の夏、都内の亀戸《かめいど》にあるショッピングモールで怪談イベントに出演した。

屋外で明るい時間なうえ、こどもが走り回る中でのライブだったが、語りはじめると客席は一瞬で静かになった。

本番中は極力、その場にいるすべての観客の顔を見て語るように心がけている。ショッピングモール全体をぐるりと見回してみた。階段や通路、カフェのお客さんたちも、面白いくらいピタリと動きを止めてこちらを見ていた。

三十分間のライブを終え、ステージを降り楽屋へ戻ろうとすると、ひとりの青年が私を待っていた。

無表情でこどもなのかおとななのかわからない。色白で端整な顔立ちをしている。

青年は私に近づいてくると唐突に言った。

「やらない方が良いのに」

「え？」

「あなたが怪談語っている最中、ずっと僕の顔の周りで誰かが高笑いしていました」

なんのことかよくわからないが、

「そうでしたか。なんか呼び寄せてしまったかもしれませんね」

そう答えると、青年は無表情のままなにも言わずに私をじっと見つめている。

次の現場があるため青年にお辞儀をして歩き出すと、後ろから肩をそっと叩かれどきりとした。

振り向くと、先ほどの青年が無表情のまま、

「やらない方が良いのに。殺してやるって言ってましたよ」

そう言って人ごみの中へ消えていった。


翌朝、私は顔の激痛で目を覚ました。時計を見ようとしたが、右目がよく見えない。

テーブルに置いてある手鏡を取って、覗き込んでみると顔の右半分が赤紫色に膨れ上がり、パンパンだ。目は瞼《まぶた》の中に隠れ、三日月のようだ。腫れが酷く、鼻も頬も左

の倍だった。

まるで誰かに殴られたような激痛と腫れ具合だった。

水道でタオルを濡らし、かたく絞ったもので顔を冷やしながら、ふと昨日の青年の言葉を思い出していた。

『やらない方が良いのに。殺してやるって言ってましたよ』

その怪談イベントでは、四谷怪談の抜き読みをしていた。

廃屋

「怖いというか今でもよくわからないんですけど」

優太さんは前置きしてから話しはじめた。


彼が小学三年生のころのこと。

学校の校門を出てすぐ左脇に二階建ての廃屋があった。人の住まなくなった家はみすぼらしく朽ちて、所々にツタが絡みついている。庭も草が伸び放題となっており、こどもたちの間では「お化け屋敷」だと噂されていた。

八月初旬のある日。

ともだちのひとりが、あのお化け屋敷へ行ってみようと言い出した。夏休みだし、運よく学校に先生もいないからばれないだろうと悪知恵を働かせたのだ。

これまで登下校時に何度も見てきたが、中へ入ったことは一度もなかった。

昼ごはんを食べたあとで待ち合わせ場所へ行くと、四人のともだちが先に待っていた。

「親とか先生にはぜってー内緒だぜ」

言い出しっぺが注意を促し、錆びた表の門扉を開けた。

蝉《せみ》がけたたましく鳴いている。五人は息を潜め、庭というのは名ばかりの荒れた敷地に足を踏み入れた。

それからともだちのひとりがある提案をした。

三人とふたりの二組に分かれて先発と後発で順番に部屋を見る。先発組が中にいる間、後発組は外で待機をする、というものだ。

グーとパーで分かれ、優太さんは先発組になった。ともだちとふたり組だ。

玄関の扉が壊れて少し開いていたので、その隙間から中へ入る。

まずは階段を使って二階へ上がった。中は暗くカビ臭い。ところどころ壁紙がはがれ床も穴が開いている部分もあった。

ふたりは階段を上り右側の突き当たりの部屋に入った。十二畳ほどの広い部屋だ。

左側に背の低いタンスがあり、その上には風景画が掛けてある。

正面には窓がありボロボロでホコリまみれのブラインドがぶら下がっていた。優太さんは駆け寄ると、そのブラインドを開けようと傍らの紐を引っ張った。

外で待っている後発組にこの部屋から手を振りたかった。

ところが途中でなにかが引っかかりなかなか上がらない。何度引っ張ってもだめだ。力任せに思い切り引っ張ろうと手に力を込めたときだった。

「優太、やめろ、やめろ」

背後からともだちが言う。紐を持つ手の力を緩め振り向くと、ともだちは青白い顔をして「こっち来い」と、そう言って優太さんの手を掴んで走り出した。

部屋を出るときに、ほんの一瞬振り向くと、ブラインドの横に黒いなにかが見えた。どうしたんだよ、なにがあったんだよと聞いても、ともだちはそれには答えない。

一階へ下り外へ出ると手を離し、

「まじでやばいって」

と興奮気味に言う。

なにがあったのか改めて聞いてみた。

優太さんがブラインドを開けようとしていると、どこから来たのか窓の右上の天井から巨大なクモのようなモノがすうっと下りてきた。真っ黒でその大きさにも驚いたが、よく見ると体はクモそのものだが、長い髪を垂らした頭には女の顔がついていた。

それは一本一本足を器用に動かしながら、優太さんを見定めたようにニタリと笑ってゆっくりと下りてきたのだという。

「逃げなかったら優太、あいつに食われてたぜ」

ともだちの言葉に優太さんは身震いがした。

そんな話を聞いたあとだったので後発組は中へは入らず、この日は解散した。

あのときは興奮状態であったため、ともだちの言ったことを信じていたが、冷静になってみると信じられなくなった。

一週間後、彼らは再び廃屋の二階へ入った。今度は五人一緒だ。例のブラインドのある部屋へ入ると、体がクモで頭が人間の化け物などいなかった。

ただ、ブラインドの掛かっている窓の右下に、大量のクモの死骸と、なぜか長い髪の毛が散乱していたという。

赤ちゃん

理沙さんの腹部には、もの心ついたころから傷あとがあった。

そのことについて小学生になった彼女は母親に尋ねてみると、こんな過去があったという。


難産で逆子だった。

母子ともに助からない可能性もあり、帝王切開をすることになった。

ようやく取り出すことには成功したが、赤ちゃん（理沙さん）の命は危険だったため、緊急手術をすることになった。

赤ちゃんは母親と対面することなく手術室へ連れていかれた。

新生児であれば個人差はあるが、通常だと一・五メートルから二メートルほどあるといわれる小腸がねじれていた。

壊死していた部分もあり、そこは切除され、わずかに残された腸をつなぎ、なんとか命を落とさずに済んだ。生きていく上でギリギリの長さだった。

手術は成功したが、母子ともに回復経過が思わしくなく、なかなか退院することができなかった。

集中治療室から赤ちゃんをつれて大部屋へ移り半年ほど経ったころ。この病室にひとりの見舞い客が訪れた。

面識のない中年女性だったが、理沙さんの母親のベッドまでくると急にこんなことを言った。

「突然ごめんなさいね。変なことを言うようだけど、あなた、この部屋を変えてもらった方がいいわよ」

長期入院で大部屋のため、まわりの患者の迷惑にならないよう生活音などには気をつけていたつもりではあったが、もしかしたら不快感を与えてしまったのではないか、赤ちゃんの泣き声がうるさかったのか。同室の患者の親族と思い、理沙さんの母親は頭を下げて詫びた。

ところがその中年女性は、たまたま知人の見舞いで通りかかっただけなのだと言い、

「違うのよ。そうじゃなくて、私にはわかるの。変えてもらった方がいいから、看護師さんか先生が来たら頼むといいわ」

なにかあったら連絡して、そう言うと女性は連絡先を書いたメモを渡し出て行った。

不思議な人だとは思ったが、彼女に言われたとおり担当医師に頼み病室を移ることとなった。

それから体調はみるみる回復し、退院が決まった。

退院して数日が経ち、荷物の整理をしていると、あの日中年女性から受け取ったメモが出てきた。

思い切って電話してみると女性は、

「そろそろ退院できるころだと思っていたの。おめでとう。変えてもらったの？」

「はい。おかげですぐに体調もよくなって」

「そう。ところで変えたのって部屋だけ？　ベッドは？」

「私はベッドはそのまま連れて行ってもらいました」

「違うわよ。赤ちゃんのベッドのことよ」

変なことを言う人だと思った。

しかし、たしか部屋を移動する際、赤ちゃんのベッドは新しいものと交換された。

そのことを女性に伝えると、

「それよ。すべての原因はその赤ちゃんのベッドよ」

もうきっとだいじょうぶだから大切に育ててあげてくださいい、と言って電話は切られた。

後日わかったことだが、大部屋にいたときの理沙さんのベッドは、以前十一ヶ月で亡くなった新生児が使用していたものだったそうだ。

その亡くなった赤ちゃんの名前は「理沙」だったという。

タツヒコ兄ちゃん

真理さんが高校一年生になったころだから、今から十年ほど前のことだ。

佐賀県にある一軒家で家族と暮らしていた。

彼女の部屋は二階にあり、北側と東側に窓がついている。東側は出窓になっていた。

あるとき夕食を終え、自室に入り電気を点けると、東側の出窓の外に男性の顔があり、部屋の中を覗いてこちらの様子を窺っていた。外が暗いせいか体は見えず、顔だけがぼんやりと見える。

真理さんは出窓の方へ近づき「なにしてるのこんなところで」と言いながらカーテンを閉めると机に向かってテスト勉強に励んだ。

それからも時おり男性は出窓の外から中を覗くのだが、彼女はまったく気にもしなかった。知り合いだからだ。

彼は父親の仕事の関係者のタツヒコさんという人で、真理さんのお兄さんとも仲がよかった。兄は以前、彼にお気に入りのバイクを譲り、ふたりでツーリングへ出かけたり、真理さんを含めた三人で食事をしたこともある。

優しい男性で真理さんは彼のことを親しみも込めて「タツヒコ兄ちゃん」と呼んでいた。兄がふたりいるようで嬉しかった。

それが当たり前のように続き、真理さんが二十歳になった年のこと。

父親がタツヒコ兄ちゃんの実家へ行くというので、ついていくことにした。

到着し客間へ通され腰を下ろすと、となりは仏間になっていた。なんとはなしに見てみると、仏壇の中にタツヒコ兄ちゃんの遺影が飾ってある。真理さんは首を傾げたと同時に雷に打たれたような衝撃が全身を走った。

――そうだった。タツヒコ兄ちゃんはバイクの事故でもう何年も前に亡くなっていたんだ。

自分の部屋の窓の外にいる彼を、なぜ怖いとも感じていなかったか、これまで気にもしてこなかった。彼の死を受け止めることができず頭の中から排除していたのかもしれない。

真理さんは仏壇に手を合わせると、両親に出窓の外にいるタツヒコ兄ちゃんの話を打ち明けた。

お茶を淹れに台所へ立っていた彼の母と仕事から帰宅した父が座ると、真理さんの父親はそのことを伝えた。

「タツヒコ君、真理のところに来よるらしかばい」

そう言うと彼の父は、

「タツヒコは真理ちゃんが好きやったとやろうか。俺のところへも来てくれたらよかとにな」

と涙を浮かべた。

仏壇に手を合わせて以降、タツヒコ兄ちゃんが真理さんの部屋の東側の出窓に姿を見せることはなかった。

続・式神

先日、前作『実話怪談　呪紋』の「式神《しきがみ》」に登場していただいた晴美さんから電話がきた。

「式神」の話は、彼女をねたんだ職場の元同僚が呪いを使い、その後に事故死したというものだ。

「まだ続いているかも」

彼女は話しはじめた。

その日、晴美さんは朝から体調が悪かった。

ご主人は「今日は埼玉の桶川に行くから早めに出る」と朝六時に車で出かけて行った。

玄関で車を見送ると、二階へ上がり、寝室のベッドに再び横たわった。

ここのところ仕事が立て込んでいて無理がたたったのだろう。風邪をひいてしまったようだ。

早めに風邪薬も飲んだので、少し眠れば治るだろうとそのまま目を閉じた。

「晴美ー」

ご主人の声で晴美さんは目を覚ました。

一階でご主人が自分を呼んでいる。時計を見ると午前九時だった。確か桶川へ行っているはずだ。忘れ物でもしたのかと思った。

晴美さんは起き上がり「はーい」と返事をして階段を下りる。

その間、ご主人は玄関の外で何度も晴美さんを呼んでいた。

自分の家なのだから開けて入ってくれば良いものを、インターフォンも鳴らさず呼び続ける。荷物でも抱えて両手が使えないのかとも思った。

「今開けるってば、ちょっと待ってよ」

そう言って、ドアノブに手をかけ鍵を開けるその寸前で、全身から血の気がひいていくのを感じた。

（ぜったい開けちゃだめだ。これ、旦那じゃない）

「晴美」

扉の外からまた声がする。確かにご主人の声だ。しかし開ける気になれなかった。

晴美さんは物音を立てないようにそっとリビングへ向かった。掃き出し窓に付けたカーテンの隙間から見ると、いつも停めてある場所にご主人の車はない。それでも玄関の外からは何度も「晴美、晴美」と呼び続ける。

彼女は携帯電話を片手に玄関へ行き、扉の前でご主人に電話をかけた。

二コールでご主人が出る。扉の外にいれば生声が聞こえるはずだが、聞こえてきたのは電話の向こうからだった。

「あなた、今どこにいるの？」

「は？　桶川だよ。言ったろ」

「出て行ってから帰って来てない？」

「帰ってないよ。遠いんだぞ」

「そうだよね、ごめん」

扉の外からはそれきり「晴美」という呼びかけはなかった。

夕方帰宅したご主人に昼間のできごとを話すと、

「なあ、今日って何月何日？」

と聞いてきた。

「八月×日」

「去年さ、変な紙が玄関前に落ちてた日も今日じゃないか？」

ちょうど一年前、式神を体験した日だった。

「続いているのかもしれない。どうしよう、来年も来るのかな」

電話の向こうから聞こえる晴美さんの声は震えていた。

もうひとり

　主婦の美奈子さんが自宅に友人を招き、夕方、リビングでお茶を飲んでいたときのことだった。

「あら、お姉ちゃん帰ってきたわよ」

　窓の外を見ながら言う友人の言葉で振り向くと、玄関の門扉を開けてＯＬの娘が入ってくるのが見えた。

　リビングには大きな掃き出しの窓があり、外は庭になっている。ガーデニングが趣味の美奈子さんは季節ごとにさまざまな植物を育てており、この日は友人がそれを見せてほしいというので招いて庭を一周したあとだった。

「本当に素敵な庭ね。うらやましい。うちもこんなふうにしたいわ」

　友人は楽しげに話を続けた。

自分が丹精込めて育ててきた庭をほめられ、美奈子さんは嬉しかった。

「またいつでも遊びに来てくれたらいいわ」

美奈子さんは、空っぽになったカップに紅茶を注ぎ足そうと台所に立った。

ふと、いつもなら必ずリビングに顔を出す娘が黙って自室に行ったことに気がついた。

「ちょっと待っててね」

友人に声をかけ玄関へ行くと娘の靴はない。美奈子さんは階下から、

「お姉ちゃん？」

と呼んだ。返事はない。

(疲れて寝ちゃったかしら)

階段を上り娘の部屋をノックすると扉を開けた。娘の姿はなかった。

そのとき、一階の玄関がガチャリと音を立て、

「ただいま」

娘の声が聞こえてきた。

扉を閉め階段を見下ろすと、娘は玄関で靴を脱いで上がってくるところだった。

「あら？　今帰って来たの？　さっき帰って来なかった？」

階段を下りながら聞くと、長女はきょとんとした表情で、

「ううん。今帰ってきたところだよ」

とリビングへ行き、客人に挨拶してから二階へ上がっていった。

娘の後ろ姿を見上げながら、ふと以前、母親が言っていた話を思い出した。

今から二十年ほど前、仕事が忙しかった美奈子さんは当時、幼稚園生だった娘の世話を母親に任せていた。

幼稚園の送迎バスの乗降場所への送り迎えも、母親がしていたときのことである。

あるとき、バスが戻ってくると、

「おばあちゃん!」いつものように元気よく孫娘が降りてきた。

手をひいて自宅を目指して歩いていく。

間もなく自宅に到着するというときだった。孫娘はふいに立ち止まると、

「おばあちゃん、さっきからずっとついてくる子、だあれ?」

言葉につられ振り向いたが、そこには誰もいない。乗降場所から曲がって一本道を歩いてきたが誰ともすれ違ってもいなかった。

「誰もいないよ」

「おかしいな。ずっとついてきてたのに」

孫娘は首を傾げた。どんな子なのか訊ねてみると――。

「わたしと同じくらいの子。たまにおうちにいるときもあるよ」


母親はそのことを美奈子さんに伝えた。

美奈子さんは娘を出産する一年前に流産していた。

生まれてくるはずだった子を抱くことができず悲しみに明け暮れていたが、そのあと現在の娘を授かり無事に出産した。

「生まれてくるはずだったあの子なんじゃないかしら」


二十年前に母親に言われたことを美奈子さんは思い出していた。だとすると先ほど庭の門扉を開けて入ってきたのもその子だったのかもしれない。背格好は長女にそっくりだった。

「生まれてこなかったのに、体は一緒に成長するのね。今でも私たちのすぐそばで家族のことを見守ってくれているのよ。今日も家の中で後ろ姿を見たわ」

抱くことのできなかったもうひとりの娘のために、美奈子さんは月命日の水子供養を欠かさず行っている。

インターフォン

人気声優の浅沼晋太郎さんが友人の彩香さんから聞いた話だ。

彩香さんは美容系の専門学校の三年生のころ、資格を取得するために東京都内のウィークリーマンションに五泊六日で滞在することになった。今から三年ほど前のことになる。

当時、仙台に住んでいたこともあり、試験期間中に東京まで通うことは困難だと考えて滞在を決めた。

駅から徒歩五分の好立地のそのマンションは十階建てで、彩香さんの借りた部屋は四階の角部屋だった。

玄関をあがると狭い廊下になっており、備え付けの冷蔵庫と洗濯機が並び、その反対側にトイレと浴室がある。申しわけ程度だがミニキッチンもある。

その奥の扉を開けた先は七畳半の洋室になっている。大きな窓もあり部屋の壁には受話器式のインターフォンも付いている。学生が生活するには贅沢すぎるほどだった。

ゆえに滞在中のこの短期間でなんとしてでも資格を取得せねばならない。日中は単発のアルバイトをし、夕方からは資格取得のための三時間の講習を受ける。

この部屋に来て四日目のことだった。講習を終え帰宅すると夜九時を過ぎていた。夕食は帰りに済ませていたので、カーテンを閉め少し休もうと倒れ込むようにベッドに横になった。翌日は休みだからあとでゆっくり風呂に浸かろうと思っていたのだが、慣れない東京での生活と疲れもあり、電気も消さずそのまま眠りにおちてしまった。

ピンポーン
彩香さんはインターフォンの音で目を覚ました。
「ううん……」
ベッドで伸びをして目をこすりながら壁掛けの時計に目をやると針は三時を指している。

（うわ、寝すぎた。もう夕方じゃん）

寝ぼけ眼でよろよろとベッドを降り、インターフォンの受話器を取ると「はい」と答えた。受話器の向こうで相手がなにかボソボソと話しているがよく聞き取れなかった。

「なんですか」

そう言うとガチャリとインターフォンの接続が切れた音がした。

この部屋に長期で住んでいるわけではないので勧誘かなにかだと思いそのまま受話器を戻した。

「あー、電気点けっぱなしで寝ちゃった。もったいない」

受話器下の電気のスイッチを消す。とたんにあたりは闇になった。

「あれ？」

夕方の三時だとばかり思っていたがカーテンの隙間から光が差し込んでこない。

今消した電気をもう一度点けカバンから携帯を取り出し確認するとＡＭ三時四分。

真夜中だった。

「なんだー。まだ夜だったのか」

再びベッドに横になりＳＮＳなどのチェックをしていた彼女はふと疑問を感じた。

（深夜にインターフォン？　誰だろう）

東京に知り合いはいない。

しかもこのマンションの入り口はナンバーロック式になっており、こちらが解錠しなければ扉は開かない。

同じフロアの住人が酔って部屋を間違えたのか。

誰かがいたずらをしているのか。

それとも夢だったのか。

あれこれ考えていると、再びインターフォンが鳴った。

このとき初めて恐怖を感じた。

扉の外にいるのは誰なんだろう。

布団を頭からかぶり物音を立てないようにじっと身をひそめる。

インターフォンは鳴り続ける。

自分の心臓の鼓動が聞こえる。それと同時にあることに気がついた。自分の口が勝手に動いてなにかをしゃべっている。無意識だった。無意識のうちブツブツとなにか言葉を発している。

インターフォンが鳴る。

口が動く。

震えながら自分の声に耳を澄ませぎょっとした。

お経だった。無宗教のためこれまで覚えたことも、どの宗派のものかもわからないが、はっきりと力強く自分の口からお経が読み上げられる。

部屋中にインターフォンの音とお経の声は鳴り響き続けた。

やがて、壁にかけてあるインターフォンの受話器が、ガチャンと外れ、それと同時に口の動きも止まるとあたりは静まりかえった。

時計を見ると午前六時をまわっていた。喉がカラカラだ。

（三時間もお経を唱え続けていたの？）

そのとき、手元の携帯に着信が入った。地元の友人からだ。中学校は同じだったが特別仲が良いというわけでもなかった。

しかし、たった今気味の悪い体験をしたので誰かの声を聞けば安心できると感じ、電話に出ると、

「怖かったでしょう？　体を借りてなんとか祓おうと思ったんだけど、良かった、間

に合って」

　挨拶もしないまま友人は奇妙なことを言う。

「なんのこと？」

「彩香ちゃんの夢を見たの。今まで一度も見たことはなかったんだけどね。夢の中の彩香ちゃん、背中になにか負ぶって歩いているんだよね。それがなんなのかははっきりとはわからないんだけど。途中でそのなにかを降ろして走って逃げていくんだけど、そのなにかは彩香ちゃんをずっと追いかけていくの。それで私、彩香ちゃんに意識を飛ばしてみたら、そこ、マンション？　そのなにかが彩香ちゃんの家の玄関の扉の前にすでに来てたのよ。ほら、うち実家が寺だからお経読んだの。体借りて祓ったからもうだいじょうぶだと思う」

　そう言って電話は切れた。


　友人の言う「なにか」がいったいなんだったのかは、わからない。

　外が白々として夜が明けるとカーテンを開けた。朝日を見ると、さきほどまでの恐怖心もやわらぎ、彩香さんはゆっくりと湯船に浸かった。

人形

今から十年ほど前の話だ。

大阪出身の山下さんは、小中高とバスケ部だった。

高身長で根がまじめだった彼は、三年になると部長に選ばれた。

この年の夏、和歌山県にある某高校のバスケ部と練習試合をすることが決まり、一泊二日の合宿が行われることになった。

当日、最寄りの駅前で集合した部員たちは、一時間ほどかけて電車を乗り継いで行った。

和歌山に到着すると休む間もなく試合相手の高校のグラウンドへ行き、ランニングや筋トレをした。日が落ちると翌日の練習試合に備え、早めに旅館で休むことになった。

この日の宿泊者は彼らだけだった。

山下さんは宿の女将さんに挨拶へ行くことにした。

「部長の山下です！　一日お世話になります」

頭を下げる彼に女将は、

「元気があってええなあ。こちらこそ、よろしくお願いします。ゆっくりしていってください」

にっこりと微笑んで、あたたかく迎えてくれた。

大部屋に戻る最中、廊下で後輩ふたりが「怖っ、怖っ」と笑いながらキャッチボールをしていた。

「お前ら、なにやってんねん」

山下さんが注意すると後輩のひとり、内田さんが、

「先輩、これめっちゃキモくないっすか」

今、投げていたものを差し出してきた。

それはボールではなく人形だった。ソフトビニール製の見たこともないキャラクターの女の子の人形だ。

濃い肌色でひらひらの白い服を着ているのだが、右半分が——焼けて溶けている。

「まじで怖いっすよね」

「これ誰のや？　どうしてん？」

「男子トイレのトイレットペーパーが置いてある棚にありました。怖っ」

内田さんはそう言って、またもうひとりの後輩に目掛けて人形を投げた。

後輩は突然投げられたため、受け止められず人形は地面に落下する。その衝撃で右腕が取れた。それを見た後輩ふたりは再び「怖ぇー」と笑う。

「やめろ！　この宿の物やろ？　なんでそんな勝手なことすんねん。とりあえず女将さんに謝りに行くぞ」


山下さんは内田さんを連れて、女将さんのいる部屋に戻った。

「ほら内田、人形返せ」

「え？　すいません。持ってきてないっす」

「……なにやってんねん、お前」

「すいません」

山下さんは内田さんの頭を叩き、

「女将さん、すみません。あとで必ず返しにきますので」

頭を下げるといったん部屋に戻ることにした。

戻る間も内田さんを叱ったが、彼は悪びれることもなくヘラヘラしている。

人形は右腕が取れたままの状態で廊下に置いてあった。

「あれ……右腕は？」

「さあ」

一緒にキャッチボールをしていたもうひとりの後輩も知らないという。

ほかの部員にも呼びかけて、みんなで探したが人形の右腕はついに見つからなかった。

山下さんは無責任な後輩たちを腹立たしくも思いながら、怒られる覚悟で右腕の取れた人形を女将さんに届けに行った。

「本当に申しわけございません」

「はあ……わざわざどうも」

女将はなぜか首を傾げながら、右腕のない人形を受け取り部屋へ入っていった。

その後、食事をして風呂に入り、明日に備えて早めに眠ることにした。

やはり疲れていた部員たちは、皆すぐに眠ったようだった。


それは真夜中を過ぎたころだった。

「……先輩。先輩」

誰かが山下さんを揺らしてくる。

「……ううん、なんや」

「先輩、起きてください」

それは夕方に叱った内田さんだった。

「なにやってんねん……寝ろよ」

「起きてくださいって！　先輩！」

少し怒気すらこもっている声に山下さんは体を起こした。

「……なんやねん、お前。どうしてん」

暗闇のなかだったが、内田さんが額に脂汗《あぶらあせ》をかいているのが見えた。

「なんや？　具合悪いんか？」

「そうやないんです。なんか……聞こえるんです」

「なにが」

「ほら」

耳を澄ますと、遠くの方でなにかの音が鳴っている。

ドンッ、ドンッという大きな音だった。

「……なんや、あの音？」

「わかんないんす」

音は一定のリズムで聞こえてくる。

「花火？」

「こんな真夜中に、打ち上げ花火なんかやってるところないっすよ」

「それも、そうやな」

「なんか変なんです、この建物の中で聞こえるんですよ」

内田さんの言うとおり、外ではなくこの宿の中で聞こえているようだ。

「なんの音やろか？」

「だから、それがわかんないから気持ち悪いんですよ。それで、さっきからこの音、だんだんこっちに近づいてきてるみたいなんです」

「え?」

「まるで誰かがジャンプして進んでくるみたいな音じゃないですか?」

確かに——人間が跳びあがり、木の床板に落ちてくるような音にも思える。

「でも、誰かって誰やねん」

「わからないっす。見たら部員全員ここにいるし、まさか先生じゃないやろうし。まして今」

内田さんは時計に目をやり「夜中の二時っすよ」とつぶやいた。

普段ふざけてばかりいる内田さんだったが、このときの彼の表情は怯えていた。

音は確かにこちらに近づいてきている。どうやら廊下でしているようだ。

「本当だ……こっちにきてるな」

ドーン、ドーン
スーッ……ペタ……

スーッ……ペタ……

スーッ……ペタ……

「な、なんの音やろ」

「わかりませんよ」

得体の知れないなにかが近づいてくる。

気味が悪くなった山下さんは眠っている部員たちに、

「おい、お前ら起きろ」

呼びかけた。ところが誰も起きない。頬を叩こうが髪を引っ張ろうが深い眠りに落ちたように反応はなかった。

ドーン、ドーン

スーッ……ペタ……

スーッ……ペタ……

スーッ……ペタ……

音はこの部屋の戸の前でぴたりと止まった。

「あ、あれっ?」

「音、止みましたね」

「どっか行った？」

「そうっすね」

ホッとしたその瞬間、目の前の障子戸が勢いよく開いた。

ふたりとも咄嗟に足もとの毛布をつかんで頭までかぶった。

なにが来たのかさっぱりわからない。山下さんはかたく目を閉じ耳をふさぎじっとしていた。

そのうちに部屋をなにかが這いずるような気配がした。その直後、

「ぎゃあっ」

絶叫とともにガシャンとガラスが割れる音が聞こえてきた。

山下さんは飛び起きた。

内田さんが布団の上に正座した状態で、

「ごめんなさい、ごめんなさい」

と涙を流しながら震えている。

障子戸が倒れており、上部にはめこんであったガラスが割れ、部屋に散乱していた。

ほかの部員たちもようやく目を覚ました。

「内田、どうした。なにがあった」

山下さんが聞くと内田さんはこう説明した。


障子が開いたあと、内田さんも毛布にくるまって寝たふりをした。

するとなにかがゆっくりと掛け布団の上に乗ってきた。

それは足もとからだんだんと這い上がってくる。

重みはさほどないがなにかが乗っている感覚はハッキリとあった。

やがてそのなにかが――毛布をはいだ。

恐怖で身動きの取れなかった内田さんは固く目を閉じた。

すると両目の下瞼がぐいっと、無理矢理こじあけられ、目の前の「それ」が口を開いた。

「見ーづーげーだー」

次の瞬間に「それ」は部屋の中を、ドーン、ドーンと飛び跳ねると、やがて障子戸に突進し、突き破った。

音は部屋を出てだんだんと遠ざかっていったという。

「それというのは——人形なんです。人形が……にきた」

ガタガタと震えている彼の言葉が聞き取りにくい。

「内田、人形がなんだって？」

「ごめんなさい。人形の腕隠したの俺なんです。おもしろ半分で、後輩のカバンの中に取れた右腕を隠したんです。取り返しにきたんです。あの人形。おれ、いつか人形に殺されます！」

この騒ぎを聞きつけて顧問の教師と宿の仲居たちが大部屋に駆けつけてきた。

すぐに女将さんも来た。

山下さんは女将さんに事情を説明し、後輩のカバンから見つけた人形の右腕を差し出した。

「こちらの大切な人形ですよね。本当に申しわけありませんでした」

右腕を受け取った女将さんは眉をひそめながら、

「ごめんね。さっき人形を持ってきてくれたやろ？　あのとき言わへんかったけど、私も初めて見たの。落し物かなにかやと思って、とりあえず受け取ったんやけど」

少し青ざめた顔でそう言ったそうだ。

女将さんは人形の右腕を持って事務室に戻ったのだが、人形の本体はどこにもなかった。

翌朝早く、女将さんは板前に呼ばれて厨房へ行くと、なぜかシンク下の包丁置き場に人形の本体があった。包丁を抱くような格好をしていたという。

このことは宿中で大騒ぎとなった。えらい人形を見つけてしまった。なにかあるに違いない。

女将さんは人形をビニール袋に入れ、風呂敷に包むと近くの神社に事情を説明しに持っていくことにした。

練習試合までにまだ時間があったため、顧問の先生と人形の姿を見た部員たちも同行して神社へ行った。

社務所から出てきた神主は、風呂敷を見るなり、

「あかん。これはどうにもならん」

と言って専門の祈祷師を呼び、お祓いをすることになった。

祈祷師が来るまでの間、神主は「人形をキャッチボール代わりにしたのは誰か」と聞き、内田さんが右腕を上げ「はい」と答えた瞬間、内田さんはその場で嘔吐した。

その後、人形はお焚き上げすることとなり、神社へきていた山下さん含めたメンバーは練習試合には出ずに残ることになった。


大阪へ戻ってすぐに、内田さんは部活中にケガをした。

右腕の骨折だった。ケガをした彼は「人形だ」とつぶやき、そのまま部活へ顔を出すことはなくなった。

それからも内田さんは、何度も右腕ばかりを負傷し続けた。

そのたびに、

「人形が俺の右腕を取りにくるんです。おれ、いつか必ずあの人形に殺されます」

と言ったという。山下さんは、あのとき神社の神主が言ったことを思い出した。

「隠された腕を探していたんだろう。真夜中に聞こえた音は、人形が飛び跳ねて上のガラス戸から中を見ていたんだろうな。相当な執念だからこれからも気をつけなさい」

内田さんは高校を卒業してからも、各地の神社へお祓いめぐりを続けているらしい。

鈴木さん

東京都内の某病院で、介護士として勤務していた山村さんの体験談である。

この病院は医療療養型になっており、長期療養を必要とする慢性疾患を持った患者が入院している病棟がある。病床はその数、二百を越えていた。

入院患者たちは在宅復帰の望めない高齢者がほとんどをしめている。

そのなかに、鈴木さんという女性患者がいた。彼女は病気のほかに痴呆の進行もあって、言葉を話すことも自分で動くこともできなかった。

当時、山村さんは新人だったが、介護の仕事が好きだった。

患者の鈴木さんとは言葉を交わすことはできないが、病室へ行くといつも必ず、

「鈴木さん、お加減どう?」

と明るく話しかける。鈴木さんは返事こそしないが、山村さんに話しかけられると

目を向けることもあった。

勤めはじめて二ヶ月が経ったある晩のことだった。

この日は夜勤だった。順番に病室へ見回りに行く。

鈴木さんの病室の前にくると、中からベッドのきしむ音が聞こえてきた。

この部屋には四人の患者がおり、鈴木さんは入ってすぐ左のベッドだ。

音は鈴木さんのところから聞こえてくる。

「鈴木さん、どうしましたか」

部屋に入り、声をかけながら山村さんはカーテンを開けた。

懐中電灯で照らすとベッドがギシギシと音を立てながらきしんでいる。

「鈴木さん？」

再び声をかけ顔をのぞきこむと鈴木さんは目を閉じてぐっすりと眠っており、ベッドだけがひとりでにきしんでいるのだ。

わけがわからずその様子を見ていると、ベッドはゆっくりとその動きを止めた。

（気のせいかな）

鈴木さんが眠っていることを確認した山村さんはカーテンを閉め、部屋を出ようとした。

　すると、カタカタという別の音が聞こえてきた。

　おそるおそるカーテンを開けると、鈴木さんのベッドは先ほどと同じようにまたひとりでに動き出した。様子を見ていると動きは止まる。これが何度も続いた。

　しかし鈴木さんになにかあるわけでもなく眠っているので、このことは引継ぎの際に誰にも報告しなかった。


　数日後、再び夜勤で見回りをしていた。

　鈴木さんのいる病室の中から、

「あーあーあー」

　声がする。慌てて室内へ入りカーテンを開けて懐中電灯で照らすと、鈴木さんが目を見開いている。白目を剥いていた。

（異常事態だ）

　すぐに部屋の明かりを点け、

「鈴木さん！　だいじょうぶですか。鈴木さん」

呼びかけた。

この症状は脳に異常がある可能性がある。ナースコールを押しながら鈴木さんに声をかけ続けた。

すると鈴木さんの目は戻り、山村さんの顔をじっと見つめた。

「鈴木さん、だいじょうぶ？」

すると鈴木さんは、

「あーあーあー」

再び声をたて、黒目がぐるんと上を向いた。

そのあと何度か同じことをくり返したが、先輩の介護士が来るころには鈴木さんはなにごともなかったように眠っていた。

不安でいっぱいだった山村さんの様子など気にすることもなく、先輩は鈴木さんをチラと見て病室を出て行った。

万が一のことがあってはいけないと感じ、スタッフルームに戻った山村さんは先ほどの鈴木さんの状況とこれまでのことを話した。

すると先輩は表情も変えずに、

「鈴木のおばあさんがそういう行動をするときはね、必ずどこかの病室で誰かが死ぬから。だからここしばらくは見回りのとき患者の様子には気をつけてちょうだい」

当たり前のように言って作業に戻った。


先輩の言葉どおり、翌日別の病室で死者が出た。

その後も鈴木さんのあの行動を何度も見た。


山村さんが勤め始めて半年ほどしたころ。

夜勤をしていた新人介護士が真っ青な顔で、

「鈴木さんが白目剥いて大声出してます！」

スタッフルームに駆け込んできた。

山村さんは顔色ひとつ変えず答えた。

「鈴木のおばあさんがそういう行動をするときはね、必ずどこかの病室で誰かが死ぬから。だからここしばらくは見回りのとき患者の様子には気をつけてちょうだい」

牛鬼

数年前に高知県で怪談イベントに出演した。

イベントが終了した直後から急激に体調が悪くなったのだが、翌日はそのまま大阪でのテレビ収録があり、休むわけにいかなかった。

高知で一泊し、昼前に大阪のテレビ局へ到着すると、番組スタッフから収録前にお坊さんによるお祓いがあるので楽屋で待っているよう伝えられた。

顔見知りのディレクターさんに「顔色が悪いですね」と声をかけられ、不調だと話すと、

「収録まで時間があるし、お祓いに来ているからお坊さんに視てもらったらどうです?」

と言われた。体調不良をお坊さんに視てもらっても意味がないと思ったが、ディレ

クターさんは部屋を出てそのお坊さんを呼びに行ってしまった。しばらくすると、

「ああ、霊障やないな。特別大サービス」

と言って小柄な女性が隣に腰をおろした。

「お坊さん」と聞いていたのでてっきり男性が来るのかと思っていたが、かなりフレンドリーな口調の尼僧さんだった。

彼女は楽屋へ入ってきたときからずっと、私の左上の方向を見つめていた。やがて鋭い目でそのなにもない空間を見ながら「うん、うん」と頷き、こちらへ向き直ると目をまっすぐに見つめ言った。

「姉ちゃん、祓われたくない、思うてるな？」

初めて会って数分後のことで、挨拶もしていない状況である。

ところがそう言われて、私には心当たりもあった。

それまで各地で怪談イベントに出演してきたが、そのたびに出会うお坊さんや霊能者から「すごい数を背負ってますね」とか「祓ってあげられます」「今、何体か祓っておきました」などと言われていた。彼ら曰く私は「憑かれやすい」体質なのだそうだ。

正直「ふうん」としか思っていなかった。

もし仮になにかが憑いているのなら、それを味方にしてやろうとも思っていた。怪談を語るには最適だろうと。

尼僧さんにはこの気持ちを見抜かれたのかもしれない。

「祓うのは簡単。でもそいつと離れたくないんだろう?」

状況はわからないが、尼僧さんの言葉に一応「はい」と頷いた。

「わかった。じゃあ覚悟決めとき。姉ちゃん、ものすごいモン背負ってるで」

尼僧さんは私の頭の左上を見ながら「ギュウキや」と言った。

「えッ?　ギュウキ?」

「うしおに、と書いて牛鬼や。こんなん今まで視たことないわ。すごいで」

そう言われてふと思い出した。

前日に高知の怪談イベントに出た際に、奇妙な写真が撮れていたのだ。

その写真は本番前に、舞台上の高座に座る私をスタッフさんがスマートフォンで撮影したものなのだが、私の体が炎に包まれ、まるで魂が抜けるように天井へ光が続いているように写っていた。これをSNSに投稿をしたのだが、それを見たあるフォロワーさんから「左上に巨大ななにかの顔が写りこんでいる」との指摘があった。

尼僧さんの言う牛鬼と、この写真に写りこんでいると言われた顔に、なにか関係があるのか。

「それって、私の左側です？」

「うん。黄色い角と爪が生えとる。こいつ、その爪で姉ちゃんの命を食べようとしとる。どうすんの？　祓うことはできるけれども」

そう言って左上にいる牛鬼と話しはじめた。

「うん、うん。わかった」と頷くと、こちらへ向き直り「姉ちゃん、野菜好きね？　明日から、毎日トマトを一個ずつ必ず食いな。姉ちゃんの命と、引き換えだで。トマトはダミー。赤ん坊の命」

そのあと尼僧さんは片言の土佐弁のような話し方をしていた。

やがて、

「今、牛鬼と契約したで。必ずトマトを十日間食べ。凶暴だけど、この契約守ったら必ず味方に付く。こいつ飼いならしたら、あんたもっと怪談うまくなる。仲良くし」

とピースサインをしてニカッと笑った。

今だから正直に言うと話半分で聞いていた。

番組の収録が終わり、大阪から新幹線に乗り、自宅のある東京へ戻ってきた。

最寄駅に到着したのは夜中の0時過ぎだった。

ヘトヘトになってアパートの階段を上がり廊下を歩いていくと、自分の部屋の扉の前に大きなダンボール箱が置かれていることに気がついた。貼られている伝票を見ると実家からだった。

いつもなにかを送ってくれるときには予《あらかじ》め必ず連絡が来るはずが、今回はなかったので不思議に思った。

箱を持ちあげるとかなりの重みがある。

玄関の扉を開けダンボール箱を抱えて部屋に入ると、さっそく開けてみた。

箱いっぱいに、真っ赤なトマトだけが大量に詰まっていた。ひとり暮らしの私が食べきれる量ではない。

実家に電話して理由を聞いてみると「なんとなく」と父は言った。

後でわかったことだが、牛鬼とは四国の妖怪だという。

ちなみに、尼僧さんは大阪の方で、あのとき土佐弁を話していた記憶はないそうだ。
その後、約束どおり毎日十日間トマトを食べ続けた。

ひょっとこ

タケコさんが結婚した相手は、超のつく亭主関白な人で、家事などの手伝いも一切しない。

毎晩食事が終わると、さっさと自分だけ眠ってしまうような勝手な人だ。

四十年もの長い間連れ添っているから、この生活にも慣れていた。

ある秋の夜のことだった。

早めの夕食を終えると、いつものように夫はすぐに眠ってしまった。

タケコさんは台所へ食器を運び、洗い物をしていた。

次々に手際よく洗っていく。台所には水音だけが聞こえていた。

「良い子でいたな」

ふいに誰かに声をかけられた。

蛇口を締めて振り向いたが誰もいない。

台所をぬけ寝室へ行くと、夫はいびきをかいて眠っている。こどもはいないので長年ふたりで暮らしている。この家には他の誰かがいるはずもない。

(気のせいか……)

台所へと戻り、洗い物の続きをしていると、またどこからか「良い子でいたな」と聞こえた。

透き通るような美しい声。若い男の人のようだ。姿はどこにも見えない。

不思議に思い、洗い物の手を休めてじっと耳を澄ませた。

すると、軽快な笛の音とともに、

「ひょっとこ、ひょっとこ、ひょっとこ……」

歌声が聞こえてきた。聞いたことのない歌で、さきほどの若い男の人が歌っているようだ。

「誰ですか?」

姿の見えないその声に話しかけた。声の主は返事をせず、歌い続けている。

そのとき背後に気配を感じた。振り向くと、台所の入口あたりを人影のようなものがふっと横切るのが見えた。

慌てて見に行ったが、誰もいなかった。

それから、その不思議な声は頻繁に聞こえるようになる。声はいつも優しく「良い子でいたな」と言い、軽快な笛の音と共に「ひょっとこ」の歌を歌う。

はじめは驚いたが、そのうちに慣れてくると気にもならず、声が聞こえても放っていた。

彼女は声のことを「天の声」だと思っていた。


ある日、些細なことで夫とケンカになった。

怒った夫は外へ出て行ってしまった。

ひとりになったタケコさんは自分の部屋に入ると「あーあ！」と大声を出して畳の上に仰向けに勢いよく寝転んだ。

ふいに部屋の隅に誰かの気配を感じ、慌てて飛び起きた。

目の前に、おかめのような面を被り、透き通るような衣を身に纏《まと》った男の人がいる。

面をつけているため表情はわからないが、なんとなく怒っているように思えた。

「あなたですか？　いつも歌っているのは？」

思わず話しかけていた。

「ひょっとこの、声が出ない」

男の人はそう言うとふっと消えた。

その後もタケコさんがひとりになると、男の人は姿を現すことはあったが、歌を歌うことも笛を吹くこともなくなった。


ある晩、現れた男の人に聞いてみた。

「どうして歌わないいんですか？」

「おしとやかではない。静かに、女人《にょにん》らしくしろ」

男の人はそう言うと消えた。

それからなぜかしばらくの間、男の人は姿を現すこともなくなった。

夫とケンカすることもなく二年が経った。

タケコさんは台所で夕飯の後片付けをしていた。

「良い子でいたな」

懐かしい天の声が聞こえてきた。嬉しくなってあたりを見回したが、姿はどこにも見えない。声だけが続く。

「大女（大きな心）になり、なにごとにおいても努力せよ。姿形、着るものではない。人間として豊かになるように。いつかあの世でまた一緒にひょっとこを踊ろう」

声に続き、笛の音が鳴り響いた。そして、

「ひょっとこ、ひょっとこ、ひょっとこ」

やわらかい歌声がタケコさんを包みこむ。声はしだいに遠のき、やがて聞こえなくなった。

この話を聞いたのは、今から四年前のことだ。

「聞いたこともない歌だったけど、本当に透きとおるみたいできれいな声だった」

その二年後、タケコさんは私の目の前で静かに息を引き取った。

今ごろどこかでその歌を歌っているかもしれない。

いじわる

地方の某寺院でホラー映画の撮影が行われた際のできごとだという。

出演者の楽屋は、本堂横の平屋建ての客間が使用された。

撮影場所となる本堂では機材の準備が行われており、出番前だった幽霊役の女優、ゆかさんは、楽屋で準備をしていた。

彼女は着付け教室に通うほど着物が好きで、ふだんから着慣れている。この日も自分で着付けをすることになり、スタッフから衣装の緑色の着物を受け取った。

出番まではまだ時間があったので丁寧に着付けていく。

仕上げに帯を締めようとしたのだが、なぜかうまくいかない。名古屋帯の文庫結びというベーシックな帯結びで、リボンの形を作り、最終的に背中の部分にそのリボンがくるはずが何度結んでも前にきてしまう。それが続いた。

余裕のあった時間も気がつくとわずかしかなくなっていた。

出番の時間も迫っていたため、諦めてそのままメイクに入った。帯の結び目が前にきているという奇妙な恰好だ。

部屋の突き当たりに大きな掃き出しの窓があり、その手前の机がメイクコーナーになっていた。

「よろしくお願いします」

メイクさんに声をかけ、座布団に座る。帯結びについて相談したが着付けはわからないとのことだった。

日が傾き、外は夕焼けで赤く染まっていた。

メイクしている間、ゆかさんは窓の外の庭を眺めていた。

やがて日が落ちると外の景色は見えなくなった。窓には室内の照明の関係で自分の姿が映っている。

その窓に映る自分を見ていて、ずいぶんと顔の色が白いことに気がついた。幽霊役ではあるが、この日のメイクはより恐ろしさを出すために青色のメイクにすると聞いていた。

メイクさんが持っているパレットを見ると青系や紫色のものがあって白は入ってい

ない。もう一度窓を見たがやはり顔が妙に真っ白だ。

（おかしいな）

と思ったときだった。窓に映る自分の顔が、ニタァと笑った。

よく見ると窓に映る自分は黒い着物を着ている。目線を落とし確認すると、今着ているのは緑色だ。全く異なる。そのとき気がついた。自分が窓に映っているのではなく、窓の外に自分ではない誰かがいる。ゆかさんは思わず、

「おいらん！」

と叫んだ。

おいらんとは、位の高い遊女のことをいう。ゆかさんは自分の口から唐突に飛び出たその言葉に戸惑いつつ、窓の外に目が釘付けになった。

窓の外にいるその人物は、黒い着物をざっくりと着ている。

白い顔はおしろいを塗っているようにも見えた。ところがあるはずのものがない。

――真っ平な顔には目と鼻がなかった。ニタァと笑うと口元の歯は真っ黒だ。

ゆかさんはふと我に返ると、

「窓の外に、ほら！」

と、声をかけた。その場にいたスタッフたち全員が静まりかえった。誰も外を見ようともしない。

「見てますよ。こっち、ほら」

ゆかさんがそう言っても、皆顔を上げずに俯いている。すると彼女のすぐ横にいたメイクさんが、

「ゆっくり、下がりましょう」

メイク道具を持って窓から離れた場所にあるテーブルの方へ移動した。

他のスタッフも一か所に集まって来た。

しばらくして窓を見るともういなかった。


皆、怖いのかその話は一切しなかった。妙な雰囲気のままメイクを再開すると、本堂での撮影の準備が整ったとスタッフが呼びにきた。

楽屋で下駄を履き、庭を通って隣接する本堂へ向かった。ところが歩いている最中に、今度は着物の裾がするすると下がってくる。

補正はしっかりしてあり、ふだんから着慣れているはずだ。しかしこのときは帯も

うまく締まらなかったうえ、なぜかどんどん裾は下がっていった。

裾を持ち上げ地面に引きずらないように歩く。

そのとき、視界に白い煙のようなものがこちらへ近づいて来るのが飛び込んできた。

それは先ほどの楽屋の裏手あたり、ちょうどあの窓がある所から近づいて来る。

(なんだろう)

と思うやいなや、彼女は右の下駄をなにかに蹴られ、前につんのめった。

「大丈夫?」

隣にいたスタッフが彼女の腕を掴み支えたため、転ばずに済んだのだが、彼女はあることを思った。

(あたし、いじわるされてるのかも)

なぜ着慣れているはずの着物がうまく着られないのか。

帯の結びが前に来てしまうのか。

着物の裾が広がっていくのか。

本堂に入る直前、ガラス戸に映る自分の姿を見て、

(なるほど、そういうことか)

思わず「ふふっ」と笑った。

ガラス戸に映る自分の姿はまるきり「遊女」の格好だった。裾は広がり帯の結び目が前。何度やっても何度やってもその形にしかならなかった。

楽屋の窓の外にいたのは、きっと、おいらんの幽霊だ。これは自分に対するいじわるなんだと思った。

あの窓ガラス越しで見えたおいらんの笑った顔は、自分を怖がらせるというよりも、からかっているようだった。

(でもなぜでこんなところに、おいらんがいるんだろう?)

撮影後、彼女はこの寺の住職に訊ねた。

「見間違いかもしれませんし、気のせいかもしれないんですけど、窓の外においらんの幽霊がいるように思うんですが」

住職はニッコリと笑った。

「あの方でしたら、いつもいますよ」

住職は続けて、

「ここは遊女と縁のあるお寺なんです。むかし、このあたりはたくさんの遊廓があったんです。うちのお寺の門はかつて大変に人気のあったおいらんが寄進してくれたものなんです」

そのおいらんの人気は当時ずばぬけていたという。没後も彼女を慕ってたくさんの遊女たちがこの寺を訪れた。

さきほど窓の外にいたおいらんが誰なのかはわからないが、

（おいらんの幽霊にいじわるされるなんて光栄だな）

と逆に嬉しくなってしまったそうだ。


後日、彼女から連絡をもらった。

「油断してた。連れて帰ってきちゃった」

「おいらんを？」

「ううん。かむろ。鏡に映るんだわ。なんか気に入られちゃったみたい」

かむろとは遊女に仕える少女を指す。

ゆかさんは、おいらんにいじわるをされたのではなく、どうやら気に入られてしまったようだ。

娘

真夜中、母親が違和感を覚えてふと目を覚ますと、小学一年生の娘が真顔で自分を見下ろしていた。

「どうしたの？」

声をかけると、それにはなにも答えずに布団にくるまり、娘は寝息をたてはじめた。寝ぼけていたんだろうと思いそのまま眠った。

翌日、がりがりという妙な音で目が覚めた。隣で寝ているはずの娘がいない。

暗がりのなか、目を凝らすと、娘は壁で爪をひっかくようなしぐさをしている。また寝ぼけているのかと、

「なにしてるの？　寝なさい」

腕を伸ばすと、手の甲をがりっと引っかき、部屋の外へ出て行こうとする。

「待ちなさい。どこ行くの？」

呼び止めると、娘はいったん立ち止まり、ゆっくり振り向くとこう言った。

「死ににいきます」

すぐに父親を起こし娘を取り押さえたが、「死ににいきます、死ににいきます」と暴れつづけ、そのうちに自分の手の甲を舐めはじめた。

それが連日続くようになった。

両親は夜中に娘が外へ出ないよう、眠ることができなかった。

ある晩、寝不足が続き両親ともウトウトとまどろんでいた。

カラカラカラ……

表の玄関の戸が開く音で母親は飛び起きた。娘の姿がない。父親を揺り起こし外に出た。娘は裏庭に佇んでいた。

「なにしてるの！」

母親が娘の腕をつかむ。

振り向いた娘の口のまわりは血まみれになっていた。すぐさま救急で病院へ連れていくと医者は、

「怪我はしていませんよ。大丈夫です。この子の血じゃないですね」

という。

娘の口の中には、血のほかに猫の毛がびっしりとこびりついていた。


数日前、娘は捨て猫を拾ってきた。

「飼えないから捨ててきなさい」

母親はそう叱った。

娘は悲しげに子猫を抱いて外へ出て行った。

その猫をどうしたかは聞いていなかった。

配信

中学生のころ、大樹さんは毎日のようにインターネットの動画サイトでピアノの演奏を生配信していた。

このサイトではリアルタイムでリスナーからのコメントを受けることができ、コミュニケーションも楽しみのひとつだった。

大樹さんは演奏もうまいが物腰が柔らかで、リスナー数の多い人気の配信者だった。

配信は自身の部屋の机の上にノートパソコンを置き内蔵カメラで行う。両親も配信に関しては公認だった。

その日は両親とも出かけており、学校から帰ってきた大樹さんは母親が作り置きした食事を食べ終えると、部屋へ行きパソコンを立ち上げた。

予め配信の開始時間は告知してあり、リスナーもそれを把握している。

生放送がはじまると大樹さんはいつもと同じように電子ピアノを演奏し、一曲弾き終えるとリスナーに挨拶をした。

「こんばんは。みんな元気?」

内蔵カメラに向かい挨拶をする。目線を落としパソコンの画面を見ると、いつもよりかなりの数のコメントが画面を埋め尽くしている。

なるべく多くのコメントを読み上げたかったのだが、追いつかないほど次から次へと画面を横切っていった。

「なに?　どうしたの?」

大樹さんは顔を近づけ画面の中を流れるコメントを見た。

「後ろ」

ほとんどのコメントがそれだった。

ふだんノリでふざけたコメントをもらうこともあり、リスナーたちがまた結託して自分をからかっていると思い、

「はいはい」

と受け流したのだが、一向にコメントはやまない。ほかの番組を見ていたリスナー

たちも騒ぎをかぎつけて見にきたのかいつもの倍以上の来場者数になっている。

「ヤバイ、後ろ」

「こわ」

「こわすぎて草」

「後ろ」

しきりに「後ろ」というコメントが増え続ける。

しかたなく大樹さんは振り向いたが特別なにもない。いつもと同じ部屋だ。

「もう、みんなからかわないでよ」

大樹さんはカメラに向かい頬を膨らます。それでもコメントは増え続けた。流れ続けるそのコメントのなかに、

「廊下に女の人がいる」

と書かれていることに気がついた。部屋の戸はガラスになっている。振り向いたが戸の向こうには誰の姿もない。当然のことだ。今日はたったひとりで留守番をしていて両親は明日帰ってくることになっている。

コメントは更に続いたが受け流し、いつもどおり一時間で放送を終了した。

放送を終えパソコンを閉じると途端に部屋は静まりかえった。

（後ろってなんだ？）

急に不安がこみ上げてきて部屋を見渡したがなにも変わりはなく、廊下に出て各部屋を見てまわったが誰の姿もなかった。

翌日いつもどおり学校へ登校したが、どうも昨日の配信のことが気になって仕方なかった。授業中も先生の声はまったく頭に入ってこない。

（後ろってなんなんだ？）

そのうちにふと、昨日の放送は一週間限定でタイムシフトが見られる設定になっていることを思い出し、放課後は急いで自宅に直行し、パソコンを立ち上げた。

昨日のタイムシフトを再生するとピアノを演奏する自分の姿が映っている。いつもと変わらぬ光景だ。

ところがしばらくすると「後ろ」というコメントが増えはじめた。顔を近づけ注意深く画面の隅々を見る。すると、画面に映る自分の後ろに違和感がある。なにかがいつもと違う。ガラス戸の向こうに人影のようなものがあった。

（誰だこいつ）

目を見開き更に画面に顔を近づけた。

ガラスの引き戸の向こう、廊下にセーラー服姿の女が、部屋の中を見ながら立っているのが映り込んでいる。

ただ、違和感はそれではなかった。その女には頭がないのだ。ないというよりも、胴体から離れ、体の真横に浮かんでいた。その顔が、部屋の中をきょろきょろと見回していた。

タイムシフトはすぐに消去したそうだ。

配信2

インターネットの生放送番組で心霊スポット巡りをする企画があった。監督とドライバー、出演者の三人での放送だ。

女の幽霊が出るという噂のある群馬県の貯水池を車で目指す。放送は車載カメラの放送含め長丁場となり、目的の貯水池へ着くころには深夜0時をまわっていた。

ところが目的地は鉄条網が張りめぐらされていて、中へ入ることは難しかった。せっかくきたので、このまま貯水池のまわりをまわることにした。

別段なにも起こらなかった。

「一周したら今日は帰りましょう」

監督がそう言ったとき、貯水池とは反対側にある林の中に人影が見えた。深夜こんな林の中に人がいるのだろうかと気になり、そう言うと、ドライバーに車をUターンさせて停めた。

暗い林があるだけで誰もいない。助手席にいた監督が窓をあけ、車の中からカメラで林を映す。運転席のドライバーもエンジンを切って林の中を見ていた。

「誰もいないですね」

監督がつぶやいたときだった。

ガッコン
と音を立て、後部座席の左の窓が半分ほど開いた。出演者は運転席の真後ろに座っていて、左座席には誰も座っていない。エンジンも切っていたため、パワーウィンドウの押し間違いをすることも不可能だ。

ドライバーは扉を開けて外に出ると、無言で林の中へ入って行った。

しばらくして戻ってきた彼は、

「ぜんぶ墓」

と言って後ろを指差していた。

林の奥はすべて、このあたりの寺の歴代の僧侶の墓だったという。

オフィス

フリーランスでデザイナーをしている上田さんは今から七年前、知り合いのゲーム会社からの依頼で半年間の仕事を請け負うことになった。

そのゲーム会社は八階建てのマンションの七階にある。そのフロアを社長が買って、リフォームしてオフィスとして使用していたのだ。ほかの階は住居として一般住人が生活をしている。

上田さんはゲームデザインを任され、オフィスで作業を行っていた。社交的な性格の彼は仕事の合間にスタッフたちに積極的に話しかけ、あっという間に溶け込んだ。

あるとき、上田さんは冗談めいた口調でスタッフたちに、

「幽霊って信じます？」

いつものように話しかけた。

このころ上田さんはネット配信の心霊番組を見ることにはまっており、その魅力をどうしても伝えたかった。

ところがふだんすぐに上田さんの言葉に反応するスタッフたちは、誰も反応しなかった。

一瞬顔をあげた者もいたがなにも言わず仕事を続けている。

(あれ？　怖い話苦手なのかな)

そう思いこの日は諦めた。

それから何度か例の心霊番組の話をしようと試みたのだが、その都度誰もが口をつぐみ反応を示さない。ほかの話であればすぐに食いついてくる者も、こと心霊話にいたると目をそらし一切の反応もしなかった。やはり彼らは怖い話が苦手なようだ。上田さんはそれからその類の話をすることはやめた。

ある日、若手の後輩スタッフとふたりで仕事を進めていた。ほかのスタッフたちは会議室にこもり会議をしていたという。

後輩にひととおりアドバイスをし、ひと息つこうと上田さんは窓を開けてベランダに出た。たばこを咥え火をつけようとしたところで、

「すいません、やっぱりもう一度見てもらえますか」

後輩に声をかけられ、火をつけず窓を開けたまま中に戻った。

パソコンを使いながら進捗確認をする。

「なるほど、ありがとうございます」

「これで進めよう。あと頼むわ」

後輩の肩を叩きふと顔をあげると、先ほど開け放したままのベランダのガラス窓が、音もなくゆっくりと閉まるのを見た。まるで自動ドアのように寸分の狂いもなく「カッチャ……」と閉まった。これまで見たことがなかった現象に上田さんは唖然としたが、その目は窓に釘付けになった。

ふと目線を落とすと後輩も呆然と窓の方を見ている。後輩はその視線をゆっくり上田さんに向けると、なにごともなかったようにパソコンに向かって仕事を続けた。

「じゃ、あとよろしく」

上田さんも気のせいと思い、今度こそたばこを吸おうとベランダへ向かい、閉まったガラス窓に手をかけてぎょっとした。窓は重たく、腰に力を入れなければ開かないような固さだ。ふだん当たり前のように開け閉めしてきたため、これまで意識していなかったが、あんな簡単に閉まるはずがない。

急に気味が悪くなり後輩に、

「なあ、この窓っていつも勝手に閉まってたっけ？」

声をかけた。

「いえ……さっき僕も見ましたけど、なんで勝手に閉まったんですかね」

首を傾げる。

ほどなくして会議室からほかのスタッフたちが戻ってきた。

「いやいや長引いた。腹減った。上田さん、メシ行きましょうよ」

誘われたがそれには答えずに、

「この窓ってさ、勝手に閉まったりする？」

聞いてみた。するとそのスタッフはスッと顔色を変え、椅子に腰を下ろした。ほかのスタッフたちも同様、窓についてはなにも答えようとしない。

（ここはなにかある。話しちゃいけない暗黙のルールがあるんだ）

窓が勝手に閉まったのを見たのはそのたった一度きりだった。それ以降この職場では心霊的な話はタブーであると認識し、上田さんは一切その系統の話を自ら口に出すことはしなかった。

それからしばらくして、スタッフのひとりに誘われ会社ちかくの定食屋で昼の休憩をしていると、食事を終えた彼が、

「実はあのオフィス、前から変なことが起こるんですよ。みんな、幽霊の類の話を極端に厭《いや》がるじゃないですか。あれ、理由があるんです」

と話し出した。

今から数年前のことだ。

クライアントを会社に招いて、ディレクターやデザイナーを集め新作のゲームについて会議をしていた。

話も大詰めになったころ、突然クライアントの担当者が目を見開き、

「うわ、大変なことになった」

大声で叫ぶやいなや、立ち上がるとベランダの方へと走り出した。

ぎょっとするスタッフたちを横目に彼は窓を開けるとベランダの手すりにつかまり身を乗り出した。

驚いたスタッフたちは駆け寄って、

「ちょっと、どうしちゃったんですか！　だいじょうぶですか。危ないじゃないですか」

体をつかむと、その担当者は身を乗り出したままキョロキョロと下を見ている。

「あれ、おかしいな」

「なにかあったんですか」

スタッフが聞くと、

「上から真っ逆さまに人が落ちたんだ」と言って下を見ている。それにつられてスタッフも下を見た。ところが道路に人の姿はない。気になった彼らは会議を切り上げると一階へ下りてみたのだが、そこには誰の姿もなく、飛び降りがあったという連絡も一切なかった。

そのほかにもこの職場ではさまざまな説明のつかないできごとが続き、そういった話はいつしかタブーとなっていたのだった。

スタッフの話を聞いていた上田さんは、なんとなくこのマンションの屋上になにかしらの原因があるのではないかと感じた。

日を改めるとスタッフたちと数名で、上がってみようということになった。

屋上へ出るためのふだん使用されていないであろう鉄の扉は、ホコリをかぶっていた。

その扉を開けると冷たい風がふきつけてきた。柵がないので足もとを気にしながらL字型になっている屋上を進んでいく。

やがてオフィスのベランダに面した場所へたどり着いた。そこに、ベニヤ板の箱のような物が不自然に置かれている。腰の高さほどのその箱はところどころカビが生え崩れかかっていた。

上田さんは腰をかがめ、箱の四方を見てみた。すると一面だけ板がなく開いており、そこに古い地蔵が入っていた。

「なんだろうこれ?」

「知らないな」

地蔵の体にはなにか文字のような物が彫られているが、よほど古いものなのか読み取ることは不可能だった。地蔵は結局そのままにした。

その後、管理人に尋ねてみたが、いったいなんのために誰がその地蔵を持ってきてそこへ設置したのかはまったくわからないという。

この屋上からの飛び降り自殺もないし、入居者が亡くなった話もなかった。

上田さんは契約期間を終えオフィスに行くことはなくなったが、どうしても気になってこの土地のことについて調べた。

何代も前からただの民家があっただけで、事件や事故の記録もまったくなかった。

夢

高校二年生の夏のある夜、ゆうきさんはその夢を初めて見た。

とあるマンションの前にゆうきさんは立っている。

東京の田町にある築四十年ほどの十階建てのそのマンションは、父方の祖父の住まいだ。祖父は十階の一室に住んでいる。

ゆうきさんはエントランスから中へ入ったのだが、これが夢であることはわかっていた。

本来はあるはずのポストや管理人室、階段やエレベーターが一切ない。なにもない真っ白な空間だ。

左脇になにか箱のようなものを抱えているが、それがなんなのかは確認しなかった。

そこで目が覚めた。

翌日、また同じ夢を見た。

マンションのエントランスに立っている。

ただ昨日はなかったはずのエレベーターがある。

このときも夢だとわかっていた。自分の意志とは無関係に体が動き、そのまま吸い込まれるようにエレベーターに乗り込んだ。

二階のボタンを押した。

扉が閉まりエレベーターが動き出す。

チンと音を立て二階で止まると扉が開いた。そこへ黒い「だれか」が乗ってきた。

男なのか女なのか判別ができない。

左脇に抱えている箱をぎゅっとしたところで目が覚めた。

夢は、三日目、四日目も見続けた。

マンションのエントランスからはじまることに変わりはないのだが、毎日一フロアずつ上っていく。そして必ず各階で黒い「だれか」が一体ずつ乗ってくる。

十日後。ようやく祖父の住む十階に到着した。

エレベーター内はぎゅうぎゅう詰めになっていた。

扉が開き、押し出されるようにエレベーターを出る。

祖父の部屋のドアには鍵がかかっていない。

開けると真っ白な空間が広がっていた。祖父の姿はなかった。仕切りなどは一切ない窓のない四角い部屋だった。得体の知れぬ恐怖心に襲われたゆうきさんは、部屋を出るとエレベーターに向かって走り出した。

エレベーターは十階に止まったままだった。

中には黒い「だれか」もまだ乗っており、無理矢理体をねじ込んだ。まるで満員電車に乗ったような感覚で動き出した。

九階へ着くと、黒い「だれか」が一体降りた。そこで目が覚めた。

それから毎日一階ずつフロアを降りていく。そのたび「だれか」も一体ずつ降りていく。

二十日目。

ようやく一階へ到着した。黒い「だれか」が一体だけ隣にいる。

扉が開き、急いでエレベーターを降りるとき、横目でその「だれか」を見た。一瞬だけ顔が見えた気がしたが、エントランスをぬけてマンションの外へ走り出た。

相変わらず左脇には箱を抱えている。

（そういえば、これはなんだ？）

このとき初めて箱をよく見ると、綺麗な刺繍の入った金色の紐で縛られている。

開けて中を見ると、白い壺が入っている。更に壺の蓋を取ると、なにも入っていなかった。

そこで目が覚めた。

夢はそれきり見なくなった。


それから二年後のある日。

大学生になったゆうきさんが帰宅すると、見知らぬ老人が部屋にいる。

母親から、「父方の祖父」だと説明された。事情があり、ゆうきさんはこれまで一度も会ったことがなかったので、二十歳にして初めての対面となった。

祖父は以前は田町のマンションで暮らしていた。痴呆症になり、数年前から施設で暮らしているのだが、改装工事に入るため、ひと月だけここで一緒に暮らすことになった。

一ヶ月後、祖父は施設に戻って行った。その一週間後に亡くなった。

ゆうきさんは生まれて初めて葬式というものに参列した。

葬式が終わり数日が経ち、学校から帰宅すると自宅のリビングに簡易的な仏壇が用意されていた。

仏壇に手を合わせ、おりんを鳴らそうとしたとき、見覚えのある箱が視界に入った。夢で見たあの箱そのままだった。

そこで両親に、二年前に見たあの夢の話をした。

「二年前か。ちょうど親父が余命宣告された時期だ」

父がぽつりとつぶやいた。

その後、祖父が住んでいた田町のマンションに遺品整理で訪れたのだが、ゆうきさんは初めてきたとは思えなかった。それは夢で見たマンションとよく似ていた。

そして、あのエレベーターに乗っていた黒い「だれか」の顔を認識していたことも突如、思い出した。あのときはまだ会ったことのない祖父の顔だった。

一歳半部屋

こども好きのまなみさんは専門学校を卒業後、念願だった保育士となり、東京都内の某保育園に勤めることになった。

こどもたちは年齢ごとに部屋が分かれており、まなみさんは「一歳半部屋」を担当していた。

仕事は想像以上に体力と気力を使う。大変ではあったが可愛らしいこどもたちの世話をすることは苦ではなかった。

ある日、まなみさんが女の子のおむつ交換をしていたときだった。女の子は機嫌よさそうにキャッキャと声をたてながら笑っていた。

「おむつ交換楽しいね」

まなみさんは声をかけながら新しいおむつに穿き替えさせた。

ふと見ると女の子はまなみさんではなく天井を見て笑顔で手を振っている。まなみさんもつられて天井を見上げたのだが、なにもなかった。染みがあるわけでも虫がいたわけでもなく、ただ白い天井があるだけだ。

不信に思い、女の子を抱いてその場から離れた場所へ移動すると、変わらずキャッキャと笑い、同じ方向を見て手を振っていた。

そのときは特に気にしていなかったが、それから何人ものこどもたちが同じ部屋で同じ行動をとるようになった。

今まで気がついていなかっただけなのかもしれないが、頻繁にそれは続いた。

担当していたこどもたちが二歳になり、まなみさんも一緒に部屋を移動することになった。

それからというもの、こどもが天井を見て笑って手を振るということはまったくなくなった。

部屋を移動してしばらく経ったころ。二歳部屋のおむつ替えの場所が混雑をしており、仕方なく別の場所を探すと、一歳半部屋に空きがあることがわかった。

まなみさんはこどもに「一歳半さんのお部屋に行こうね」と声をかけると、そのこ

どもの表情が見る間に青ざめ、

「あのお部屋怖いからイヤ」

と言って泣き出した。

なにが怖いのか訊ねてみても、首を振るばかりで答えようとしない。

ほかにも何人ものこどもたちが一歳半部屋へ行くことを拒んだ。

一歳半のときにその部屋にいたこどもたちは皆、手を振って喜んでいたはずだったが、なぜか二歳になると急に怖がるようになった。

ほかの保育士や園長にも訊ねてみたが「そうなのよ」と言うだけで理由はわからなかった。

この部屋は現在使用せず倉庫となっているという。

天井にいったいなにがあるのかは、こどもたちにしかわからない。

神社

東京都内には都電荒川線という路面電車が走っている。

早稲田駅から三ノ輪駅をつなぐ、下町のどこか優しい景色を残した路線である。

この荒川線に乗って早稲田駅まで行ったことがある。ふだん早稲田の方に行く用事はほとんどなく、これといった目的があったわけでもなかった。なんとなく都電に乗ってみたくなった。

早稲田へ行けば高田馬場駅へも行けるし、久しぶりに以前行ったことのある駅近くの雑貨屋さんまで行くことにした。

終点の早稲田駅に到着し、駅の案内板を見てから高田馬場駅の方向を確かめてみると、想像以上に遠いことがわかったが、とりあえず歩きだした。

どこを歩いているのか、駅までどのくらいの時間がかかるのかもわからない状態だったが、知らない道を歩くのは楽しく思えた。

しばらくいくと坂道になり、木々の生い茂った場所へ出た。

通りの向こうを見ると、ある看板が目にとまった。

「水稲荷神社」

手書きの白い看板で、名前の上に「天慶四年九四一年創建」「日本稲荷古社の随一」と書かれてある。

通りを渡って神社のある方へ向かい、吸い込まれるように階段を上がっていった。

参道を歩き、鳥居をくぐって境内へ入る。

静かで誰もいなかった。

この神社は社伝によると、天慶四年（九四一）、藤原秀郷《ふじわらのひでさと》によって勧請された。

もともと「富塚稲荷」と命名されたが元禄十五年に神木の椋の根元から霊水が湧き「水稲荷神社」と改名されたという。

社殿を守るのは稲荷神の使いである二体の狐だ。

お参りをして早々に立ち去ろうとした。

ところがそのとき突然足もとに勢いよく風が吹いた。風は社殿の裏側へ向かって吹きぬけた。

不思議に思い、社殿の脇を覗いてみた。

ドドドッと背後からなにかがものすごい勢いで走って来る振動がして、咄嗟に体を避けた。それが真横を駆け抜けていった。

なにもいない。

確かに今、後ろからこちらに向かってなにかが走って来て通り抜けていった。

気になり社殿裏へまわった。

何十体もの狐がそこに鎮座していた。

あつい

当時まだ三歳だった正文さんは、そのときのことをまったく覚えていないそうだ。

家族で長野県の山の中にある宿泊施設に泊まりにいった。

都会生まれの正文さんに自然の中で遊ばせたいという両親の希望だった。まだ肌寒い春先のことだったという。

日中は森の中で山菜を見つけたりボール遊びをした。夕方はバーベキューを楽しむと宿に戻り、早めに眠った。

真夜中のことだった。両親は正文さんの声で目を覚ました。

ふたりの間に寝かせていた正文さんが体をよじらせながら、

「あつい……苦しい……」

と言ってうなされている。

長野の春の夜はまだ寒かった。熱でも出したのかと額に手を当ててみたが、熱もなければ寝汗もかいていない。

夢でも見ているのかとも思ったが、まだ三歳の正文さんは「苦しい」という言葉を発したことも、その言葉の意味すらもわかっていないだろう。ではいったいなんなのか。

病院へ連れて行こうと思ったが、やがて正文さんは落ち着きを取り戻し、眠った。翌朝目を覚ました正文さんに両親は具合はどうかと訊ねたが、なんらおかしなところもない。

朝ごはんを元気よく食べたので、そのまま東京へ戻ることにした。

このときのことを知るきっかけとなったのは、それから八年後のことだった。

小学生になった正文さんは、林間学校で長野県へ行くことになった。

両親と離れて学校のともだちと宿泊施設で泊まることは、少し心細くもあったが楽しみだった。

東京から大型のバスを貸しきり現地へと向かう。

到着したらすぐに予め決めていた班ごとに分かれ、飯盒炊爨《はんごうすいさん》とバーベキューの支度にとりかかった。火をつける者、野菜を切る者、米の火加減を見る者、さまざまだ。バーベキューのあとは楽しみにしていたキャンプファイヤーだ。皆で火のまわりで肩を組み、歌を歌ったりしてこの日は終了した。

消灯時間を過ぎ、皆ぐっすり眠っていた。正文さんも同じだった。真夜中頃、正文さんはともだちの声で目を覚ました。明かりの消えた部屋のなか、ウーン、ウーンと苦しそうな声が聞こえる。誰の声かはわからない。

暗闇のなか正文さんは、

「だいじょうぶ?」

声をかけた。すると、

「あつい……苦しい……」

はっきりと聞こえた。更に、別の場所からも、

「あつい……苦しい……」

まるで連鎖するように、部屋中のこどもたちが同じことを言いながら、うなされ続けた。

正文さんは怖くてどうすることもできず、ひとりただ震えていた。

しばらくすると声はやんだ。

東京へ戻ってきて両親と夕食を食べていた正文さんは林間学校でのことを話した。

すると両親は顔を見合わせた。それから父親は箸を置くと書斎へ行って一枚の写真を持って戻ってきた。

「すっかり忘れてたけど、正文たちが学校で行ったところ、前に家族で泊まったことあるな。実は正文もおともだちとまったく同じことを言っていたんだよ」

後になって、ひょっとしたらその宿泊施設ではかつて、なにかしらの事故や火災で亡くなった犠牲者がいるのではないかと調べてみたのだが、そんな記録はどこにもなく、施設側もそれを否定したという。

女子更衣室

十年以上も前のことだが、怪談師になる以前、都内の某公共施設で働いていたことがある。

そこは東京とは思えないほど緑豊かな場所で、夜十時を過ぎると外を歩く人の姿もなくなる。もともとこのあたりは沼地だったそうだ。今でも土地の名に「沼」の文字が残されているところもある。

そんな場所にある施設だったが、日中の利用者は多かった。一日千人を越えることもある。

一階には、区民事務所や図書館、ダンススタジオ、事務室があり、二階にはトレーニングジム、学習室、体育館がある。

大きな施設で体育館では終日さまざまなスポーツのサークルが活動をしている。

施設内の更衣室にはシャワールームも完備され、利用者たちは自由に使用できる。

職員の勤務は早番と遅番に分かれていて早番は朝八時から夕方五時まで。それと入れ替えで五時から夜十時までが遅番だ。

日中ほどではないが、夜間利用者も多い。

遅番はふたり体制となっており、閉館後にすべての利用者が帰ったあとで、ひとりは一階の事務室で事務作業、もうひとりはこの大きな施設をたったひとりで巡回する。

巡回はバインダーにチェックシートを挟み、一階から順番に一部屋ずつ「窓が閉まっているか」「残っている利用者はいないか」「忘れ物はないか」などの項目にチェックを入れながら点検する。

すべての部屋を三十分内で見回らなければならない。

ある晩、遅番になった。

いつもどおり一階から順番に一部屋ずつ点検していく。

一階が終わると二階へ続く階段を上り、これもまた同じように点検する。

トレーニングルーム、倉庫、給湯室、学習室、和室、トイレ、体育館……。

そこまで見てあることに気がついた。いつも同じことのくり返しで慣れていたはずだったのだが、一部屋だけ見忘れていたところがあった。

体育館に隣接する女子更衣室だ。

すぐに戻り、電気を点けて中へ入る。

入ると右側にはコの字型にコインロッカーが立ち並び、左側にシャワールームの個室が三つ並ぶ。

まずシャワールームへ向かった。

個室にはシャワーカーテンが吊るされていて、ふだん誰も使用しないときには開いているがこの日は三枚とも閉まっていた。だが、カーテンの隙間からは足が見えない。誰もいないことはわかっているので一枚ずつ開けて中を確認する。

三枚とも開けてそれぞれの個室に異常はなかった。忘れ物もない。

続いてロッカーの点検に入ろうと、シャワールームに背を向け一歩踏み出したときだった。

一番奥のシャワールームから女の悲鳴に似た声が聞こえた。

どきりとして一瞬立ち止まったが、気のせいだ、疲れているんだと自分に言い聞かせ、一番ちかくにあったロッカーの扉に手をかけようとした。すると腰のあたりが突然お湯をかけられたようにじわりとあたたかくなったのを感じた。さらに耳元でささやき声が聞こえ、耐え切れなくなり出入口に向かい走った。

すぐにでも一階の事務室へ行きたかったのだが、更衣室の出入口で足が止まって動かなくなった。

目の前は廊下になっており、向こう側の壁は窓ガラスになっている。

——映っている。すぐ後ろに全身ずぶ濡れになった女が立っている。

窓ガラスに映った女はこちらをじっと見ている。しかし、その女の顔には——目がなかった。真っ黒な空洞になっていた。

悲鳴をあげると動けるようになった。転げるように一階へ続く階段を駆け下りた。

事務室の中は電気が煌々《こうこう》と点いており、いつも通りの光景が広がっていた。

するともう事務作業していたもうひとりの男性職員が、おもむろに、

「あのう、二階の女子更衣室って、誰かシャワー浴びてます？」

と聞いてきた。一瞬ぎょっとしたが、

「いえ、みなさん帰られてどなたも残っていないですよ」

と答えると、彼は首を傾げて言う。

「おかしいな。シャワーのボイラーのスイッチが入っているんですよ」

この施設のシャワーのボイラーのメインスイッチは一階の事務室にあり、使用中にはオレンジ色の燃焼ランプが点くようになっている。ふだんは緑色だが、今見るとオレンジ色だ。

「念のため、上を点検してきます」

そう言って男性職員が階段を駆け上がっていき、しばらくするとオレンジのランプは緑に切り替わった。

「やっぱり誰もいないですよね、故障かな、明日業者呼んで点検してもらいましょう」

彼はそう言いながら、戻ってきた。

そして、自分たちが立っている受付カウンター以外の館内のすべての照明を一度に落とした。

カウンターにぼんやりと明かりがあるだけで、あたりは真っ暗になった。静けさも増した。

そろそろ帰りましょう、と事務室を出ようとしたときだった。

なにか聞こえた。

真っ暗ななか、二階からなにかが下りて来る。

耳を澄ます。

パンプスを履いたような女の足音が下りてくるのが聞こえた。

「あれ？　なんか聞こえません？」

まさか更衣室を出たときに鏡で見た女が下りてきたのか。

そのうちに、足音は一階に下り、受付カウンターの前を通りすぎていくと出口でスッと聞こえなくなった。

(よかった。出て行ってくれた)

安心したのもつかの間、足音は戻ってきた。

こちらが自分の存在に気がついたことを、彼女は気がついたのかもしれない。そしてもう一度見に来たのか。あの真っ黒になった、見えないはずの目で——。

音はカウンターの前を再び通り過ぎると、階上の闇に溶けるように消えた。

私たちは悲鳴をあげてその場から逃げ出した。

私も男性職員もこのことは、誰にも言わなかった。気味悪がられるだろうと思ったからだ。

しかし、それから何人か同じようなことを言う人がいた。

施設の近所の住人で、ボランティアで敷地内の草むしりをしてくれる男性がいた。この方は毎日のように早朝から作業をしていた。

ある朝、出勤した私が駐輪場で自転車を停めていると、その男性が突然話しかけてきた。

「今日、中庭の草むしりしていたら、誰かがずっとこっち見てるんだけど、なんか気味悪いな、あの部屋」

男性が指さしていたのは、二階の女子更衣室の窓だった。

また、アルバイトの面接に来ていた若い大学生を施設案内した際に、こんなことがあった。

各部屋がどういった用途で使用されているかなどの説明をしていた。ハキハキした明るい感じの女性で、こちらの説明にも「がんばります！」と元気よく答え、かなり好感が持てた。

一階を見たあと、二階へ上がる。順番に案内していく。

女子更衣室の前に来たときだった。彼女は部屋の前で立ち止まったまま、なぜか中へ入って来ない。

更衣室の中から、

「どうしました？」

声をかけると彼女から、さきほどまでの笑顔は消えており、ひと言こうつぶやく。

「この部屋、幽霊いますよね」

私はぎょっとして「そんなことありませんよ」と言ったが、彼女は「ごめんなさい、やっぱりここでは働けません」と言うなり、帰ってしまった。

私も「そうだろうな」とは思いつつ、職場でもあるし、あの夜のことはなかったことにしようと振るまってはいたが、その後もこの部屋を気味悪がる人が続いた。

その施設は老朽化で取り壊しになり私も退職した。

現在、私は新宿歌舞伎町の怪談ライブバー「スリラーナイト」にレギュラー出演をしている。

スリラーナイトのステージに初めて立ったのは今から二年前のことで、当時はまだ六本木に店があった。そのとき初めて語ったのが、この施設での体験談だった。

夜七時の回だった。

十五分間のライブを終え、楽屋に戻り携帯を手にして驚いた。

例の施設から着信の履歴があったのだ。

取り壊しになり退職してから十年ちかく経つ。

この話をしているわずか十五分の間に電話がかかってきていた。

戸惑ったが折り返し電話をすると、施設の館長からだった。

「リニューアルオープンしたんです。また一緒に働きませんか」

なにに呼ばれているのかわからないが、丁重にお断りした。

今現在もその施設は都内で営業をしている。

舞台の魔物

「舞台には魔物がいる」

役者たちは口を揃えて言う。

準備と稽古をくり返してきたのに、本番でまったく台詞が出てこない。観客が帰ったあと、誰もいないはずの客席に誰かが座っている。殺陣《たて》の得意な役者がつまづいて足のじん帯を切ってしまう。など、それはさまざまだ。


私は今から十五年前に初めて役者として劇場の舞台に立った。

映像の仕事はすでにしていたが演劇は初めてのことで舞台に関しては右も左もわからなかった。

この芝居の演出家の上杉祥三さんは、若手のころ某劇団を日本で有数のトップ劇団へと成長させた看板俳優だった。現在も舞台や映像作品にも出演しながら演出家、劇作家としても活躍されている。

演劇の演出を受けることが初めてだった私は、毎日が勉強で、稽古へいくことが楽しくて仕方なかった。

稽古へ通ううちに、上杉さんの額に傷あとがあることに気がついた。そのことについて先輩役者に聞いたことがある。先輩は、

「舞台の魔物のしわざだよ」

と言って教えてくれた。

とある舞台の本番中のことだった。シェイクスピア作品を元にした時代劇で、上杉さんは主演をしていた。

刀で切り合いをする殺陣の場面になる。もちろん使用するのは模造刀だ。

何度も稽古を重ねてきた。敵に追われセットの階段を駆け上がっていき、振りかざされた相手の刀を受け止めるという型だった。

ところが気迫に押された相手役が一瞬躊躇したのか、わずかなズレが生じ、刀が上杉さんのおでこに触れた。一瞬のことだった。このあとも殺陣は続く。

上杉さんは出ずっぱりのはずだったが、舞台袖に走ってきた。袖で待機していた役者は戻ってきた上杉さんの姿を見てぎょっとした。額から大量の血が流れている。

「手ぬぐい！」

待機していた役者は持っていた手ぬぐいをさっと渡すと、上杉さんはそれを額に巻きながら舞台へ戻っていった。

「一瞬ぎょっとしちゃった。戻ってきたの上杉さんじゃなかった。まったくの別人だったの。なにかが取り憑いてたみたい。舞台には魔物がいるんだってあのことを言うんだと思う」

先輩はそう教えてくれた。

若手の歌舞伎役者からもこんな話を聞いた。

歌舞伎の舞台には花道がある。

花道を通り舞台へ上がり、殺陣をするという場面だった。

間もなく出番。稽古通りに花道を進みはじめたときだった。真後ろから着物の裾を誰かに引っ張られて、彼は一瞬よろめいた。本番中に別な役者がそんなことをするわけもなく当然、花道の下にいる観客もできるはずがない。横目で見たがやはり誰もいなかった。

花道を走りぬけ、腰に刺した刀を鞘から引き抜いた。ここからが見せ場だ。ところが引き抜いた刀は、真ん中から真っ二つに折れていた。出番前に何度も確認をし、直前に見たときも折れてなどいなかった。半分に折れた刀のまま、殺陣の場面を演じきったそうだ。

「舞台には魔物がいるんです」

彼もそうつぶやいていた。

バイクデート

現在、新宿歌舞伎町の某ホストクラブで幹部をしているカズさんから聞いた話だ。

高校二年生のころ、彼は念願の中型バイクの免許を取得した。

アルバイトをしてコツコツ貯めた金で中古のバイクを購入し、当時交際していた彼女を誘うと夜景を見に行くことにした。

家からバイクで一時間ほど行くと山があり、途中の峠は公園のようになっていてそこから見る夜景がきれいだと聞いていた。外灯などもあまり整備されていないが、地元では隠れデートコースとして人気があった。

互いに両親にはバレないよう真夜中に家を抜け出し、待ち合わせをすることにした。

約束していたコンビニへ到着し、ヘルメットを渡すと彼女は嬉しそうにはにかんで後ろに乗る。ズシンと彼女の体重がかかったのを確認し、自分ひとりではなく彼女の命を預かっている責任を感じながらエンジンをかけ出発した。

信号で止まるたびに振り向いては彼女に話しかける。真夜中のバイクデートは楽しくてたまらなかった。

それからしばらく走っていくと、あたりの景色がすっかり変わった。道は二股に分かれており、片方は市外へと続き、もう片方が目的の峠のある山道に入る。

信号が青に変わり、山道へ進んだ。ここからは上り坂になる。

真夜中のためか対向車はまったくなかった。

上り坂はどんどん急になっていく。

カズさんは慎重に運転した。

進むにつれ道は狭くなっていった。

間もなく夜景スポットのある公園に到着するだろうというときだった。

前方からバイクのエンジン音が聞こえてきた。

おそらく一台ではあるが、ふかし方からしてヤンキーなのではないかとカズさんは思った。

音は更に大きくなりこちらに近づいてくる。ところがヘッドライトが見えない。外灯が少なく見えにくいのか、それともカーブで見えないのか、距離感がつかめず不安を感じたときだった。

カズさんのバイクの真横を一台のバイクがものすごい勢いで通り過ぎていった。どうやら無灯火だったようで、ぶつかるスレスレのところで音が去っていった。

間一髪事故にはならなかったが、冷や汗が出た。

夜景スポットの公園に到着すると、そこには噂以上の絶景が広がっていた。

バイクを停め、ふたりは自動販売機でジュースを買いベンチに腰を下ろして、手を取り合い将来のことを誓った。

それから間もなくのことだった。バイクのエンジン音がこちらに近づいてくるのが聞こえてきた。様子からさきほどすれ違ったバイクだと直感した。

(絡まれたら厭だな)

ふたりはベンチに座ったままじっとしていた。

エンジン音は更に近づいてくる。間もなくこの公園の敷地に入ってくるだろう。

どこにいるのかはわからない。やはり無灯火なのか明かりが見えないのだ。

エンジン音は公園内に入ってきた。ところがカズさんはあることに気がついた。音はもうすぐ自分たちの目の前まで来ているにもかかわらず、バイクがまったく見えない。いや、見えないのではなく、バイク本体がないのだ。

エンジン音だけが目の前に迫ってきていた。

(このバイク、幽霊だ)

そう感じ横を見ると彼女も同じことを感じたのだろう。不安気な表情でこちらを見つめカズさんの手を強く握り締めた。

今までロマンチックな夜景スポットにいたはずのふたりの景色は百八十度ガラリと変わり、一瞬にして心霊スポットになった。

エンジン音は今やカズさんたちのすぐ目の前まで迫り爆音をたてている。

「行こう!」

彼女とともにバイクに飛び乗ると、急いで発車させた。

だんだんと幽霊バイクの音は遠ざかっていく。

「なんだったんだろうな、あれ」

カズさんは彼女に話しかけた。しかし返事がない。後ろを見ると、座っているはずの彼女の姿がない。カズさんは真っ暗な道をひとりでバイクで走っていた。

冷や水を浴びたようになった彼は慌ててUターンし、公園に戻った。

彼女はいた。自動販売機横にあるベンチに座っていたが、白目を剥いていた。

「おい！　だいじょうぶか。しっかりしろ」

すると彼女は虚空を見つめ、

「あたしの顔どこ？　あたしの顔どこ？」

と言い出した。カズさんは彼女の頬を叩くと我に返ったようになり、すぐにバイクに乗せ再び走り出した。

街に戻る途中、コンビニに寄ると彼女は泣きじゃくっていた。

泣いている彼女を見ているうちにカズさんはふと思い出した。

最初に坂道を下るとき、確かに誰かを乗せたはずだ。後ろにドスンと重みがあった。しかも背後から伸ばされた手が自分のお腹の前で組まれた感触もあった。

ただ、なぜそのとき疑問に感じなかったのかわからないが、彼女とは別な女の顔が自分の膝の上にあった。

それからふたりは疎遠になり結局、別れてしまった。

あるとき、ひとりでバイクを走らせドライブをすることにした。久しぶりに乗るバイクは心地よかった。途中で昼食をとり、夕方には帰宅した。

翌朝登校すると、クラスメイトから話しかけられた。

「カズ、昨日どこ行ったんだ。バイクで出かけてたろ」

「うん。なんだ、見かけたなら呼び止めろよ」

「だってお前、彼女連れてたから」

「は？　彼女とは別れたし、昨日はひとりだったよ」

「隠すなよ。新しい彼女できたんだろ。後ろに乗っけてたじゃん。嬉しそうに頭ブンブン振っちゃってさ。だけどヘルメットはかぶせてやれよ」

照れんなよ、と言って友人は笑っていたが、カズさんはまったく笑えなかった。

それ以降、バイクは自宅の倉庫でカバーをかけたまま、乗ることをやめた。

高校を卒業したころ、カズさんの弟が「倉庫に停めたままの兄貴のバイクちょうだい」と言うので譲ることにした。月日が経ちあれのことはすっかり忘れていた。

数日後、弟は事故を起こし、顔面を強打して大ケガを負った。バイクは大破し廃車となった。

（あれは、あの峠にいたんじゃない。バイクに憑いていたのか）

六年経った今もバイクの運転は怖くてできないそうだ。

鬼ごっこ

後藤さんの家では、こどもたちが夏休みになると家族でバーベキューをするという恒例行事があった。

両親はインク工場を経営しており、その工場に隣接するように住居があった。

工場と家の間に大きな駐車場があるので、ここがバーベキューのスペースとして使用される。


後藤さんがまだ幼稚園生のころだから、今から二十五年前のことになる。

この日は楽しみにしていたバーベキューが行われることになった。

家族は両親と祖母、兄と後藤さんの五人だ。

外で食べるのは家の中で食べるより何倍もおいしく感じた。

「ほら、もっと食え」

ふだんは料理などしない父親が、この日はまるで料理長のようにテキパキと食材を焼いては皆に配っていく。なんだか嬉しそうだ。幼い後藤さんもそれが嬉しくてたまらなかった。

お腹がいっぱいになると今度は遊びたい。

両親と祖母は話し込んでいて相手をしてくれなかった。

後藤さんは十歳はなれた兄に「あそぼ」と声かけた。

「よーし、鬼ごっこだ。つかまえてみろ」

兄はそう言って走り出した。

後藤さんは兄を夢中で追いかけた。

兄はとにかく優しくて大好きだし尊敬している。

「転ぶんじゃないわよ」

母親の声に「はーい」と返事をし、家の中へ入っていく兄に続いた。家の中には自分たち以外誰もいない。

まずは一階で追う。あと少しでタッチができそうなところを兄はうまくひるがえし逃げていく。

それからすべての部屋をまわって兄は「つかまえてごらん」と、軽快に足音を鳴らし二階へ駆け上がって行った。

息を切らしそれに続いた。

「待ってよ、お兄ちゃん」

階段を上りつめて両ひざに手をかけ呼吸を整え「ふう」と息をはきながら顔をあげると、あたりは静まりかえっていた。

「お兄ちゃん？」

声をかけたが返事はない。どこかに隠れたのかとも思ったが、ふいに窓の外を見下ろすと、たった今一緒にいた兄が、一階の駐車場で家族たちと一緒に鉄板を囲んで談笑している。階段を下りて行った形跡はない。自分が今上がってきたときにすれ違っていない。階段はここだけだ。

幼い後藤さんなりに考えた結果はこうだった。

「お兄ちゃん、二階から飛び降りたんだ。ヒーローみたいでカッコいい！」

嬉しくなった後藤さんは階段を駆け下り、外に出ると駐車場へ向かい、兄に抱きついた。

「お兄ちゃん、カッコいい。二階からどうやって飛んだの？」

兄はキョトンとした表情で後藤さんを見た。

「なんのこと？」

「二階に追いかけたらもういなかった。あそこから飛んで、ここに下りたんでしょ？」

窓を指さすと「そんなことしたら死ぬよ。鬼ごっこでもするか？」と笑いながら後藤さんの頭をなでた。

「今やったからもういいよ」

「なに言ってるんだ。俺、ずっとここに座ってただろ？」

あのときいったい誰と鬼ごっこをしていたのかはわからないそうだ。

月夜の晩

植村さんは生まれてから一度も、祖母の「サヨばあちゃん」が冗談を言っているのを見たことがない。

誰かにからかわれることを心底嫌がっていた。少しでもからかわれると、

「人をからかってバカにして！」

と怒る。それが口癖のようになっていた。

よく言えば「まじめ」で、悪く言えば「堅物」なのだ。

そんな冗談嫌いなサヨばあちゃんが「私は一度だけ化かされたことがある」と言ったのは、植村さんが小学六年のときだった。

昭和四十年代の、ある月夜の晩のことだ。

この日は夕方から隣町に住む親戚の家に用があり、すぐに帰るつもりがつい話し込んでしまった。帰るころにはすっかり日が落ち、あたりは真っ暗になっていた。

このあたりは畑や田んぼの広がるのどかな町で、当時は外灯もほとんどなかった。夕食の支度はしてあったが、間もなく夫が仕事から帰ってくるころだ。急いで帰りたかったサヨさんは、近道をしようと田んぼのあぜ道を突っ切ることにした。当然ながら外灯はなく、懐中電灯と月の光を頼りに進んでいく。

しばらく行くと前方に白いなにかが見えた。それは月の光に反射するように、真っ暗な田んぼの中でぼんやりと浮かび上がっている。

(なんだろう)

田んぼに張っている水が反射でもしているのと思ったが、近づいていくにつれそうではないことがわかった。

あぜ道のど真ん中に、障子戸が一枚落ちていたのだ。

(なんでこんなところに?)

障子戸の手前で足をとめた。

張り替えたばかりのようで穴も開いておらず、月の光に照らされ青白く光って見える。

立ち止まった途端に一斉に虫の鳴き声が耳に入ってきた。家路を急いでいたため今まで気にも留めていなかった。

真っ暗な田んぼのあぜ道に横たわるその障子戸をサヨさんは見下ろした。

あたり一面田んぼで、ここから民家は見えない。遠くに連なる山も風がないせいか静かだ。

(建具屋が忘れていったのか――いや、こんなところに障子戸一枚だけを置いていくだろうか)

あれこれ考えてみたが、冷静になると自分にはまったく関係のないことなので、放っておこうとその障子戸の右に回りこんで道を進もうとした。

すると自分の足一歩先に、障子戸がスッと前進した。

(ん?)

はたと足をとめ、首を傾げた。

(今動かなかったか?)

暗闇のことで目の錯覚だろうと足を前へ出した。するとまた、障子戸はスッと前進した。今度は気のせいではない。はっきりと動いたのを見た。

（これはまともじゃない）

サヨさんは少し腹が立った。

前進するその障子戸の縁の部分を踏んづけてやろうという気になった。思い切り
「えいっ！」と踏みつけようとした。ところがそれをまるで見抜くかのように、障子戸は踏まれる寸前で足をかわしスッと前進した。

前にも書いたようにサヨさんはからかわれることが大嫌いだ。腹が立った彼女は、障子戸に向かって、

「タヌキかキツネか知らんがもっとまともな物に化けろッ！」

と啖呵《たんか》を切った。

サヨさんの大声に、あたりの虫たちは一瞬しんと静まりかえった。

とたんに目の前の障子戸はフッと掻き消えた。

「人をからかってバカにして！」

いつの間にか虫たちは再び鳴き出していた。

月夜に照らされたあぜ道を、なにごともなかったようにサヨさんは歩き出したそうだ。

霊場

心霊スポットを巡るＤＶＤのロケで、北海道は小樽市の「赤岩霊場」へ向かったことがある。

ここは修験者の修行場になっている由緒ある霊場だ。

宿泊していたホテルから出演者、スタッフの合計五人で車に乗り現地を目指す。

祝津のおたる水族館を過ぎ、その先にあるホテルの上り坂を進むと小高い山になっていた。

到着したのは真夜中だった。当然あたりは真っ暗だ。

この山を登っていくと、赤岩霊場へ続くのではないかとスタッフから説明を受けた。

山へ入る手前の道沿いで車を停め、少し歩くと砂利の坂道になっていた。

あたりは草が生い茂っているが、遊歩道のようになっている。昼間は観光客が来るのかもしれないが夜に来る人などまずいないだろう。

夜露に濡れた草をかき分けて進んで行くと「赤岩オタモイ線歩道」と書かれた看板があった。

看板を横目に坂道を進んで行く。

しばらくいくと、どこからか誰かの視線を感じた。

あたりは暗く実際には見えないのだが、無数の「なにか」に見られている、そんな気がする。

更に進んで行くと今度は急な階段になる。

上りきったところは広場のようになっていた。照明スタッフが明かりを点けると、そこに数十体もの地蔵尊が浮かび上がった。

(なんだ、視線はお地蔵さんか)

その中に、ひと際目立つ地蔵尊があった。

山伏の格好をしており、大きく真っ白だ。

その地蔵尊がこちらを見つめていた。

修験者が集まる霊場であるからこの方が祀られているのだろうか。

なんとなくではあるが（これ以上行ったら危ないかもしれない）と感じた。

「霊場」と言われている場所はまだずっと上だ。

「行ってはいけない」という感覚と「行ってこの目で見てみたい」という感情が渦巻いてきた。

山伏の地蔵尊を見ると、まるで生きているようにこちらを見下ろしている。

「この先行ってみましょう」

スタッフの声に振り向くと、この広場の脇に更に奥へ続く階段が見えた。

数段上ると、生い茂った林になっている。

その途中で振り返ると、さきほどの山伏の格好をした地蔵尊の背中が見えた。

「それ以上行くな」

やはりそう言われているような気がした。

共演者のタレントが突然悲鳴をあげた。

前方の林の中を指さしている。

風もまったくないのに一枚の葉っぱが不自然に浮かんでぐるぐる回っていた。

そのとき突然、目の前が光り、ここにいた全員が動きを止めた。

「今の、なに？」

スタッフのひとりがそう言うやいなや、頭上で爆発音のようなものがして尻もちをつき、ほかの同行者もその場でよろめいた。

直後に大粒の雨が降り出した。

さきほどまでは星も出ている晴天だった空が、一気に嵐になった。

「天変地異」とはまさにこのことかと思うほどだった。

振り向くと、こちらに背を向けていたあの山伏の地蔵尊が半分こちらを向いていた。

これ以上進むことはやめ、どしゃ降りのなか、一行は急いで階段を下りた。誰もひと言も会話はしなかった。

その間も地蔵尊はじっとこちらを見ていた。

ロケ車に到着した途端、嵐はピタリとやんだ。

車の中から見上げると、あの地蔵尊に重なるように、人の形をしたなにかがこちらを見下ろしていた。

そば屋

石川県七尾市は海や山に囲まれた自然豊かな街だ。風情ある建造物や温泉も湧き出ており街全体がどこか懐かしさを残している。これはそんな街の片隅での話だ。

今から二十年ほど前。

妻と死別した北村さんは料理長として長年勤めていた和食屋を退職し、個人経営のそば屋をはじめた。

妻と住んでいた家を売り、小さな一軒家に引っ越すと、一階を店舗、二階を住まいにしてリフォームし、新たな生活をはじめた。

当時北村さんは五十代半ばではあったが、自分でそば屋を出すことが長年の夢だった。

毎朝六時には起床し、出汁《だし》を仕込む。それからそばを打つ。こだわりの十割そばだ。そば打ちは想像以上に体力を使う。夏場ともなると大量の汗がふきだすほどだ。

仕込みを終えると掃除、それから買い物を済ませ、十一時には開店させる。

小さな街なので一日に百食ほど出るか出ないかだ。

閉店するのは基本夕方の五時だが、そば玉か出汁のどちらかがなくなれば時間関係なく閉める。

店にはあっという間に常連客がつくようになった。


秋も深まったある夜のこと。

六時になっても店には明かりが点いていた。閉店時間を過ぎてはいたが、そば玉がまだ二食分残っていたからである。

(今日はもう終わりかな)

北村さんは店の表の引き戸を開けると外に出た。人通りはまったくない。

このあたりは外灯がほとんどなく、日が落ちると真っ暗になる。

これ以上開けていても無駄だ。残った分は明日の朝自分で食べよう、そう思い軒下ののれんを下ろすと、引き戸を閉め鍵をかけた。

それからテーブルの上に椅子を上げ掃き掃除をし、フロアの電気を消してから厨房へ行くと鍋の火をとめた。

のし板に残った二食分のそばにラップをかけると厨房の電気を消し、二階へ上がろうとしたときだった。

表の戸をノックする音が聞こえ、北村さんは立ち止まった。

戸のすりガラスの向こうに人影がある。遠くの外灯に照らされてかろうじてシルエットだけが見えている。客だとは思ったが、すでに火を落としてしまったため帰ってもらおうと思った。

ただこのまま返事をしないのも心苦しい。せめて顔を見せて謝ろうと北村さんは厨房をぬけると、表の戸へ向かった。

先ほどかけた鍵はネジ式になっており、戸の下の方についている。かがんで開けようと回していると、

「あのう、今日はもう終わりなんでしょうか」

戸の外から、か細い女性の声がした。

北村さんは鍵を回しながら、

「すいません。今日はもうそばが終わってしまって」

とっさに嘘をついた。すると戸の外にいる女性は、

「そうなんですか……」

悲し気に言う。

「申し訳ない。また来てください」

すると女性は、

「でも、まだ二食分残ってるじゃないですか」

「え？」

思わず鍵を回す手をとめた。

外にいる客になぜ今日の残りのそば玉のことがわかったのだろう。

女性は更に続けた。

「この子の分もありますよね？」

（この子？）

まったく気がついていなかったが、女性の隣に、手をひくようにこどものシルエッ

トもある。
（さっきまでいたか？）
疑問に思いながらも引き戸を開けた。
そこには親子の姿はなかった。
冷や水を浴びたような恐怖に打たれ、すぐに戸を閉め鍵をかけ直した。
厨房で水を飲もうとコップに手をやり、ふと見ると、先ほどのし板に載せてあった
そば玉は二食ともなくなっていた。

修学旅行

現在、東海地方にあるフラワーショップを経営する小島さんは、中学生のころは相当なやんちゃだったそうだ。

当時起こったできごとを聞かせていただいた。

今から二十年ほど前のことだ。

中学三年の春に、二泊三日の修学旅行へ行くことになった。

不良ではあったが学校は好きで休んだことがない。口やかましい担任の先生は鬱陶しかったが、気の合う友人四人がいたので常に彼らとつるんでいた。

修学旅行も楽しみだった。

外で他校のヤンキーがいると、いつも難癖をふっかけていた彼らではあったが、

「なんかあったら停学だぞ」

担任からいつもその言葉で半ば脅されていたので、旅先では自制し、初日は無事に宿へ到着した。

小島さんたち五人は特別に、宿泊先の部屋はほかのクラスメイトのいる大部屋ではなく、教師の部屋から最も近い狭い個室に割り振られた。

夕食後のオリエンテーションが終わり解散になると、担任から「お前らさっさと寝ろよ」と釘を刺されたが、彼らは部屋に戻るとこっそりカバンの中に隠し入れてあった酒瓶を出し布団の中でみんなで呑んだ。もちろん未成年の飲酒は禁止されているが、悪いとわかっていることを皆で隠れてすることが楽しくてたまらなかった。

翌日の夜。

この日は部屋へ戻ってきてから五人は、円になって話しこんでいた。持ってきていた酒は昨日のうちにすべて飲みつくしてしまった。

他愛もないくだらない話をしていたのだが、いつの間にか誰からともなく怪談話をしだした。修学旅行恒例の楽しみだ。

暗い部屋で話しているうちに、ヨッシーという友人が、

「あっ」

と声をあげたので、ほかの四人は驚いて「どうしたんだよ」と聞くと、

「怖すぎてウンコ出ちゃった」

と言う。

「早く便所行けよ」

「汚ねえな」

ほかの四人は爆笑した。

ヨッシーも笑いながらズボンのお尻を押さえて、玄関扉のすぐ横にあるトイレに駆け込んだ。皆はその後ろ姿を見て更に笑った。

トイレの扉が閉まり右上の小窓に明かりが点く。それを見てまた笑う。

ふだんからムードメーカーのヨッシーにはいつも笑いを提供されている。

怪談話はいったん中断して他愛もない会話をしていた。

それからしばらくして、小島さんは、彼がなかなか戻ってこないことに気がついた。

「あれ？　ヨッシー遅くねえか」

トイレに立ってからすでに三十分以上が経過していた。見るとトイレの小窓の明か

りは消えている。小島さんは立ち上がりトイレのドアを開けた。鍵はかかっておらず、ヨッシーの姿はなかった。

「あいつどこ行った？」

皆、首を傾げる。

部屋の構造上、トイレから外へ出るにはどうやっても四人の視界に入らなければ無理だ。ところが誰も彼が部屋の外へ出ていく姿を見ていなかった。

「ほんと、どこ行った？」

「さあ……」

誰の顔からも笑顔は消えていた。そのうちに、突然ひとりが震え出した。目を見開き、両手を胸の前で固くにぎりしめ、ガタガタと震えている。

「おい、どうした？」

聞いても答えない。なんとか布団に寝かせようとしたが、その体は強張《こわば》って横になれない。

「だめだ、センコー呼んでくる」

小島さんは部屋を飛び出した。すると、廊下の向こうからちょうど担任がこちらに向かってくるところだった。その後ろにヨッシーが続いてきた。

「なにやっているんだ。もう消灯時間だ、戻って寝ろ」

担任に首根っこをつかまれたまま小島さんは中の友人の様子を説明した。部屋に入ると先ほどの友人はすっかり落ちついていた。

担任は「早く寝るんだぞ」と部屋を出ていった。

表の戸が閉まり部屋は一瞬静かになったが、皆一斉にヨッシーに詰め寄る。

「お前、いつ部屋を出て行ったんだよ」

「なんのこと？」

ヨッシーはきょとんとしている。

「だからさっき部屋出て行ったろ。気づかなかったからさ」

「え？　夕飯食ってから俺、まだ部屋に戻ってないよ」

夕食後に担任から呼び出されて、部屋には戻らず説教をされていた。そしてたった今戻ってきたのだという。

トイレの話題をふっても「なんだそれ」と笑って、まったく心当たりがないという。

なんとなくこの部屋が気味悪く思えてきた。ここで眠るのは厭だ。五人は相談して、隣の大部屋へ行ってほかの生徒と一緒に眠ろうということになった。

ここを出るときに、教師には気づかれないよう明かりを消しこっそりと移動する。

隣の大部屋では十名ほどが皆それぞれ自由に過ごしていた。消灯時間は過ぎていたので、暗くした室内ですでに寝ている者もいれば懐中電灯のもと、トランプをしたり雑誌を読んだり話しこんでいる者もいた。

五人は個室での奇妙なことを彼らに話した。

「なんか気持ち悪いんだよ、隣の部屋。だからこっちで寝かせてくれ」

いいよ、と誰からともなく言われ、五人は腰を下ろす。すると、ノック音のようなものが聞こえた。

部屋は一瞬静まりかえった。

「なんか、今聞こえた?」

「うん」

「気のせいかな」

「そうじゃね?」

それぞれ会話を再開する。するとしばらくしてまた、音がした。

今度は確実に聞こえた。

「聞こえたな」

「聞こえた」

口々に言う。

こんこん
更にはっきりと聞こえる。音をたどると、どうやらカーテンの向こうの窓の外からしい。なにか物が当たって鳴るそれとは異なり、明らかに人の手によって叩かれている、そんな音だ。

「誰かいるのか」

「お前カーテン開けてみろよ」

小島さんは窓辺付近にいたクラスメイトを小突いた。

「え、厭だよ」

「いいから開けろって」

更に強く言うとそのクラスメイトは、気迫におびえてその場にしゃがみ込んでしまった。小島さんは彼を突き飛ばし、自らカーテンを掴んで勢いよく開けた。

「……」

「小島、どうした？」

背後からヨッシーが声をかける。小島さんは窓辺に立ちつくしたままなにも返事をしなかった。

「どうしたんだよ？」

窓辺にやってきたヨッシーも窓の外を覗いた。

外には誰の姿もなかった。なかったと言うより、いようはずがない。ここは三階でベランダもなかった。眼下には広い庭があるだけだ。

また音がした。ところが今度は窓からではない。壁から聞こえてくる。先ほどまで小島さんたちがいた個室の壁側からだ。ノック音は更に続く。そこにいた生徒たちはなにがなにやらわからず呆然としていた。

この現象に、恐怖と平行するように小島さんは怒りを感じた。その場にあった枕、雑誌、お盆、ポット、目につくあらゆる物を個室側の壁に向かって投げつけた。

「お前らなにやってんだ！」

廊下から担任の怒鳴《どな》り声が聞こえた。ほどなくして大部屋の襖が開けられた。ところが担任は部屋へ入って来るやいなや、一点を指さすとその場にへたへたと尻もちをついた。

つられてその場にいた生徒たちも教師の指さす方を見た。

音がしていた壁の中から、なにかがズッと出てくる。

それは、全身をヘドロのようなものに覆われた体をしている。顔の前には長い髪が貼りついていて表情は見えない。

やがてその髪の前で手を前後左右にかきむしるような動きをして、

「イイイイイイーッ」

金切り声のような音をたてた。

「うわあっ！」

生徒たち全員が悲鳴をあげてパニックとなった。腰を抜かす生徒もいれば廊下へ飛び出していく者もいる。

やがてそれは空間に溶け込むようにふっと消えた。

それが現れたのは、この部屋と小島さんたち五人がいた個室の境目の壁の部分だった。

騒ぎを聞きつけて、ほかの教師も続々と部屋へやってきた。

皆、今見たことを口々に話す。

「いいからついて来なさい」

教師たちは誰も信じてくれず、小島さんたちが勝手に部屋に乱入して騒ぎをおこしたということになった。五人はそれぞれ別々の教師の部屋へ連れていかれ、その場で停学処分を言い渡された。

確かにあのとき「それ」を見たはずの担任は「知らない」「見てない」と言って庇ってくれなかった。確実に見ているはずなのに。

納得ができなかった。「大人は信用できない」と彼らは強く感じた。

楽しみにしていた修学旅行はこの騒ぎで台無しとなり、小島さんは肩を落とし自宅へ戻った。

玄関を開けると、学校からすでに連絡があったのか、母親が立っていて、

「早く洗濯物出しなさいよ。まったくあんたって子は」

げんこつをくらった。

「うるせえ、ババア！」

「コラ！　待ちなさい」

母親の怒鳴り声を背中で受けながら、階段を駆け上がり二階の自室へ入る。

「誰も信用してくれねえのかよ。大人なんてくだらねえ！」

カバンを床に叩きつけた。

「ほらー！　洗濯物出しちゃいなさい」

階下からの母親の声は面倒だったが、カバンを開けジャージを取り出した。しかしジャージをつかんだ手に違和感がある。

（なんだ？）

ジャージに長い髪の毛が束になって巻きついていた。

思わず放り投げ、一階へ駆けおりるとヨッシーに電話をかけた。

するとヨッシーもたった今、まったく同じことがあったという。慌てて別の友人にも連絡すると、大部屋にいた八人もの生徒たちのカバンの中に髪の毛の束が入っていたことがわかった。

　小言を言う母親を振り切り、ジャージに絡みついた髪の毛の束をほどいてビニール袋に入れると、小島さんは近くの公園へ急いだ。

続々と友人が集まってくる。誰もが髪の毛の束を持ってきていた。

それは数本などではなく、つかめるほどの量で、全部集めてみるとバレーボールほどの大きさになった。

さすがに気味が悪くなり、あたりの枝や葉っぱをかき集め火をつけると、ボールになった髪の毛をその中へ放り込み、燃え尽きるのを待った。

なにに対してか自分たちにもよくわからなかったが、

「すみませんでした」

と手を合わせたということだ。

骨壺

主婦の川田久美さんが、家族と同居していた当時の話である。かれこれ十五年ほど前のことだ。

そのころ久美さんは、東京の駒込にある一軒家で、両親と大学生の兄と四人で暮らしていた。

玄関を入るとダイニングキッチンへと続く長い廊下があり、すぐ右側は久美さんの部屋、その奥に洗面所とトイレ、左側は兄の部屋、奥が両親の寝室になっていた。

川田家は、決して裕福ではないが、どこにでもあるごく普通の幸せな家庭だった。

ところが、久美さんが高校二年生になってすぐに、生活が一変した。

母親が体調を崩したのだ。

はじめのうちは「単なる風邪よ」と休み休み家事をこなしていたのだが、しだいに寝込むようになってしまった。家族は何度も病院へ行くよう説得したのだが、母親は頑なにそれを拒んだ。

なかば強引に病院へ連れて行くと、結局そのまま入院することになってしまった。やがてほとんど食事をとることもできなくなり、母親は見る間に痩せていき、歩くこともできなくなった。

本人には伝えなかったが、末期癌だった。

入院してしばらく経ったある日のこと。学校で授業を受けていた久美さんのもとへ、母親の容体が急変したという連絡が入った。父と兄と合流し、すぐに病院へ駆けつけたのだが、看護師からは「今は会えません」と言われた。病院側から「すぐに来てくれ」と言われたはずなのだが、長いこと病院のロビーで待たされた。

数時間後、医師から母親が死んだことを知らされた。結局、最期を看取《みと》ることはできなかった。

なぜか母親の顔は隠されていて見ることもできなかった。

慌ただしく葬儀が終わり、母親は、あっという間に小さな骨壺の中へ入ってしまった。

納骨までの間、母親の遺骨は寝室においておくことにした。

数日後の夜、疲れが溜まっていた久美さんは、早めに布団に入って休んだのだが、真夜中頃になにかの物音でふと目を覚ました。

（なんだろう）

スリッパを引きずって歩くような音がする。

音はそれだけではない。

冷蔵庫の扉を開け閉めするような音が何度もしている。

久美さんはしばらくその音を聞いていたが、疲れもあり、眠気に負けてそのまま眠りについた。

翌朝、兄と顔を合わせると、

「昨日の夜中、台所にいたのお兄ちゃん？」

と聞いてみた。兄は首を横に振り、

「いや。母さんだろ。母さん、いたよな」

確かにこの家でスリッパを履いていたのは母親ただひとりだった。

「母さん、いるんだ」

物音は、その日の夜もまた同じような時間になると聞こえ始めた。

スリッパを引きずって歩くような音。

冷蔵庫を開け閉めするような音。

更には、包丁でなにかを切るような音まで聞こえてくる。

すでに死んでいるのにもかかわらず、食事の支度をしているようだった。

家族全員が、それぞれの部屋でその音を聴いていた。

「お母さん」

久美さんがぽつりとつぶやいたときだった。包丁の音がぴたりとやみ、スリッパの足音が台所から廊下に出て、こちらに近づいてきた。

やがて、久美さんの部屋の前で止まった。まるで様子を見にきているように思えた。

久美さんは涙を堪えながら、部屋の中でただじっとしていた。

母親の気配と物音は、葬式が終わった日から毎日のように続いたのだが、あるときから父親が寝室で寝るのを突然やめて、廊下の突き当たりにあるダイニングキッチンで眠るようになった。理由はわからなかった。それと同時に、母親の気配も物音も消えてしまった。

葬儀が終わって一ヶ月ほど経ったある晩のこと。真夜中に目が覚めた久美さんは、トイレに行き洗面台の蛇口をひねったところで、

カチャッ

妙な音を聞いた。音は、洗面所を出た向かいの寝室から聞こえた。廊下に出て見ると、寝室の襖が十センチほど開いている。襖は、毎日必ず閉めているのにもかかわらず、気がつくとなぜかいつも十センチほど開いているのがこの一ヶ月続いている。

再び音が鳴る。

そのうちに、

ドゴッ、カチャッ、ドゴッ、カチャッ

鈍い音までしだした。

父親はダイニングキッチンで眠っており、寝室には誰もいないはずである。しかし

音はしきりに聞こえてくる。

（なんだろう？）

久美さんは、洗面所を出て一歩廊下へ出ると、そのわずかに開いた隙間から、そっと中を覗いてみた。

真っ暗だったが、障子の外から射し込む月明かりに照らされて、長机に置かれた母親の入った骨壺が、妙に白く光って浮かび上がって見えた。

久美さんはこの部屋の中に誰かがいることに気がついた。

その誰かは、久美さんに背を向けた状態で長机の前で正座している。

やがてその誰かは、長い髪を振り乱しながら、長机に顔面を打ちつけはじめた。何度も何度も打ち付ける。そしてその振動で骨壺の蓋が、
カチャッ
と動いた。

「……誰？」

震える声で久美さんが言うと、その誰かはゆっくりとこちらへ振り向いた。

額が割れ、血にまみれた青い顔をした女が、こちらに手を差し出して言った。

「久美！」

それは、亡くなった母の姿だった。

「お母さん！」

久美さんは自分の叫び声で目を覚ました。もう明け方で、外では新聞配達のバイクの音が聞こえる。

厭な夢を見た。そう思ったときだった。

カチャッ
廊下から物音が聞こえ、久美さんは急いで部屋を出ると、寝室へ向かった。襖はやはり十センチほど開いている。そのわずかに開いた隙間に手をかけ、中に入った。すると、長机の上にあったはずの骨壷が床の上に落ちていて、母親の骨が部屋じゅうに散乱していた。久美さんは、母親のカケラを両手で集めながら、丁寧に骨壷へ戻していった。


その日の夜、久美さんは父親から思いもよらぬことを言われることになる。家を出て行けというのだ。

当時、久美さんはまだ高校生だった。出て行くのなら順番では年が上の大学生の兄のはずなのだが、兄は家にいることを許され、久美さんだけが家を追い出されることになってしまったのだ。理由はわからなかった。

その後、久美さんは当時交際していた男性と結婚したのだが、父親は結婚式にも出席せず、一切連絡もしてこなかった。

こどもを出産し、しばらく経ったころ、そんな父親から突然電話がきたという。

「久美に、言っていないことがある」

久しぶりに聞く父親の声だったが、このあと衝撃的な事実を知ることになる。

「母さんのことだ。実は病気で死んだんじゃないんだ」

「え。どういうこと？」

「母さんな、自殺したんだ。病院の窓から飛び降りて」

「自殺？　どうして？」

父親はそれきりなにも答えなかった。

久美さんは、それから母を思い涙を流した。

母は「もうこれ以上愛する家族に迷惑をかけたくない」と、自ら命を絶ったのかもしれない。それなのに未練を残して亡くなってもなお、家族のためにご飯の支度をしようとしたり、寝顔を見にきていたのかもしれない。

こどもを産んで、母親の気持ちを痛いほど理解した久美さんは、電話口でいつまでも泣き続けた。

ところで、父親はなぜ久美さんを家から追い出したりしたのだろうか。

実は久美さんは、母親と顔が瓜二つなのだ。ふたりは似すぎている。父親は、母親のことを過ぎるほど愛していたそうだ。久美さんの顔を見ることで、愛する妻のことを思いだすのが辛かったのかもしれない。

「お父さんはね、お母さんのことが大好きで大好きでたまらなかったの。あたし、家を追い出されたときは本当に困ったけど、どうしてもお父さんのことを嫌いになんてなれないんだ。それだけお父さんはお母さんのことが好きだったんだもん。そうじゃなきゃ、私はこの世に生まれていなかったから。ねえ、命って奇跡だし、人が生まれるって凄いことなんだよ」

そう言って彼女は目に涙を溜めながら、愛おしそうにこの話を語ってくれた。

久美さんのこどもは現在、高校三年生になった。久美さんと顔が瓜二つの可愛らしい女の子だ。

父親とはときどき会うことがあるそうだが、久美さんや孫の顔を見るたびに、なにか恐ろしいものでも見るような表情をするという。

久美さんは、両親は愛し合っていたと言うが、はたして本当にそうなのだろうか。

父親は、得体の知れぬ、なにかに変わってしまった妻の姿を目撃していたのではないだろうか。

鉄オタ

渡部さんの職場の同僚に、鉄道オタクの千葉さんという男性がいた。

彼は鉄道に乗ることも写真に収めることも好きで、会社の休みである土日ともなると必ずどこかしらに出かける。

ある週末の日曜日のことだった。渡部さんのもとへ千葉さんから「ちょっと聞いてほしいことがある」と電話が入った。


その日も千葉さんは鉄道を撮影しに出かけることにした。

現在は廃線となっている石川県のローカル線だ。

金曜日に東京での仕事を終えると、前乗りしてホテルに宿泊した。

土曜日は始発に乗るために朝早くにホテルを出たが気持ちの良い天気だった。

時間があったので、少し歩いてあたりを散策することにした。

しばらく行くと港が見えてきた。そこに人だかりがある。

(なんだろう)

千葉さんは小走りでその人だかりへと向かった。朝市でもやっているのかと近づいて行くと、野次馬たちの声がもれ聞こえてきた。

「土左衛門だって」

「水死体があがったらしい」

千葉さんは立ち止まると踵《きびす》を返しこの場を立ち去った。せっかくこんな遠方に来てまで水死体など見たくなかった。

この日は始発に乗ると、ひと駅ごとに降りては撮影をし、夜までに終点の駅へ行く計画だった。予定どおりに始発の電車に乗った。

——気分が悪い。誰かに見られているような気がする。

いつもなら車窓に流れる景色を撮影するのも楽しみのひとつなのに、頭のなかは野次馬たちの言葉がくり返され、気分が乗らなかった。

(あんな場所へ近づかなければよかった)

後悔しているうちにひと駅目に到着していた。

せっかく来たのにもったいないことをしてしまった。

千葉さんは電車を降りるとホームに立ち撮影をはじめた。

この日持ってきていたのは購入したばかりのデジカメだった。当時発売したばかりの画素数の高いものだった。

次の電車が来るまでの間、線路や風景を撮ったりのんびり座ったりする。都会と違って時間がゆったり流れていた。

電車が来ると再び乗って次の駅でまた降りる。それをくり返す。

そのうちに朝のことはすっかり忘れていた。

電車の本数が少ないため、始発から終点まで乗り降りをすると一日かかる。

終点からふたつ手前の駅で下車したころには、あたりは夕焼けに染まっていた。

乗客は少なくこの駅で降りたのは彼ひとりだった。

ホームの横は石塀になっており、あまり手入れが行き届いていないのか雑草は生え放題の無人駅だった。

(かえってこういうところがいい)

さっそく、去って行く電車を撮影し、それから風景を狙っていく。

線路も撮りたかった。茜色に染まる夕陽がまぶしい。

逆光にならないよう、千葉さんは夕陽を背に、彼方へと続く線路のパースをファインダーの中に確認すると、撮りはじめた。

すると背後から、カメラのシャッター音のようなものが聞こえた。

振り向くとそこに、夕陽を背に抱いて誰かが立っている。

さきほど電車を降りたのは自分ひとりであったし、ホームにも誰もいなかった。

（いつからいたんだ？）

その人物の手前には三脚付きのカメラがあり、冠布《かんぷ》をかぶった状態でこちらを向いている。もちろん顔は見えない。

再びシャッター音がした。

どうやら風景を撮っているのではなく、自分を撮っているのだと気がついた。

断りもなくまったくの他人に勝手に撮影されたことに腹が立った。

「ちょっと、やめてくれよ」

声をかけたのだが、返事をしない。

「失礼じゃないか」

千葉さんは相手に近づいていく。

近づくにつれ自分の姿がファインダーの枠の中に入っていくのがわかった。相手はまたシャッターを切った。布で覆われているため表情もわからず、それが一層腹立たしさを強めた。

もうこうなったら強行手段だ。

千葉さんは、相手に掴みかかろうと手を伸ばした。

腕に触れる寸前のところで、人影はフッと消えた。

「え？」

そこには三脚と冠布で覆われたカメラだけが残っていた。

あたりを見回しても誰の姿もない。

夕陽は沈みかけていた。

残されたカメラを見ると高価なものであることがわかったが、盗む気にも届け出る気にもなれず、そのまま置いて次に来た電車に乗った。

座席に腰を下ろした千葉さんは震えがとまらなかった。

置かれていたカメラの三脚は――びしょ濡れだった。

次の駅ではなにを撮ったかよく覚えていない。

終点の駅に着くころにはすっかり日は沈んでいたが、街に人がいるのを見ると少し安心し、予約していたホテルにチェックインした。


「な？　気持ち悪いだろ？」

電話越しに千葉さんは言う。

「確かに。なんなんだよそれ」

「でもな、渡部。気持ち悪いのそれだけじゃないんだ」

千葉さんは更に続けた。

ホテルにチェックインしたあと、ベッドに横になると今日一日撮りためた画像を見返していた。

始発から順に景色が変わっていく。

やがて、さきほどの無人駅の画像が出てきた。去っていく電車の後ろ姿、線路、石塀、駅舎――。

ところが次の画面を見て千葉さんは首を傾げた。

自分の後ろ姿が写っている。

その次は振り向いた自分。

そして、手を伸ばし怒りの表情をした自分の顔が、画面いっぱいに写っていた。

画面を切り替えると、なにごともなかったように次の駅の風景だった。


「でな、もっと気持ち悪いことがあったんだ」

「なんだよ」

「俺が写ってる三枚だけ、画面が真っ青なんだ。あんなに夕陽がきれいだったのに」

「なんだそれ」

「気持ち悪いだろ。明日東京に戻ったらそれ見せるわ」

「いいよ、そんな気持ち悪いの」

「いやいや、見てくれよ。頼むから」

「わかったわかった」

「約束だぞ、絶対見てくれ」

月曜日、千葉さんは出社して来なかった。

これまで一度も会社を休んだことはなかったが、それきり彼が出社してくることはなく、現在も行方はわかっていない。

川遊び

今から二十年ほど前、圭子さんは職場の同僚たちと川遊びに行く計画をたてた。男性三人と圭子さんを含めた女性三人の合計六人だ。

行き先は、埼玉県の山奥にあるN渓谷だった。

ここはライン下りなどでも人気があり、夏場ともなると全国各地から多くの人が訪れる観光の名所となっている。

翌日は仕事があるため泊まることはできないが、一日羽を伸ばして思いきり遊ぼうということにした。

仲間のひとりである吉田さんが、実家のワゴン車を借りられるというので、朝早くに東京都内で待ち合わせし、途中でスーパーに寄ると食材や飲み物を買い込んで、遠足気分で出かけた。

出発場所から現地までは約二時間半かかる。

それぞれが好きなミュージシャンの音楽を持ち寄り、道中の車内はカラオケさながらの大盛り上がりとなった。

現地へ到着したのは午前十時前で、昼食にはまだ早かった。

下流は人が多いのではないかと予想し、上流を目指すと運よく先客は誰もいなかった。

車を停め川辺へ下りテントを張る。

吉田さんがゴムボートを持参してきたというのでさっそく膨らませて、皆で目の前の川へ入った。

ふだんデスクワークということもあり、運動不足なうえ、最近失恋したばかりだった圭子さんはストレス発散のため夢中になって川で遊んだ。

小一時間ほど経つと空腹と疲れも出てきたのでバーベキューの支度を提案したのだが、吉田さんが更に上流の方へ行ってみたいと言い出した。

上流の方は流れが速く危険だ、となにかの記事で読んでいた圭子さんは反対したが「お前らも行きたいだろ」と男性ふたりを連れて行ってしまった。

残された圭子さんたちはテントの前で彼らの帰りを待つことにした。

気がつくと昼をまわっていたが帰って来ない。

さすがに空腹に耐えかね食事の支度に取りかかった。

それからずいぶんと待ち、昼一時をまわったころにようやく戻ってきた。

「遅いよ。お腹空いたから早くバーベキューしよう」

そう声をかけると、彼らは「危ねぇ、危ねぇ」と言いながらテントの前に腰を下ろした。

なにがあったのか訊ねると、最年長の真一さんが、

「上の方、やっぱすげえ急流だった。あまりにもすごくてボートが転覆しちゃって、俺ら溺れかけてさ。で、吉田がなかなか上がってこなくて、なんとか引きあげたんだけど、マジで危なかったわ」

と言う。

当の吉田さんも「間一髪セーフだった」と頭をかいた。

「もう。だから上は危ないって言ったでしょ。男ってバカなんだから」

圭子さんは吉田さんの肩を叩くと皆は笑った。

食材の準備は整っていたので、それからすぐにバーベキューをはじめた。

やがて皿や箸も行きわたり、いざ食べようとしたときだった。

吉田さんがぽつりとつぶやいた。

「寒い……」

さきほどまでは元気そうだった彼の顔色は白くなり、小刻みに震えている。

隣にいた圭子さんは彼の肩にバスタオルを掛け「だいじょうぶ？　風邪ひいちゃった？」と声をかけたが、彼は答えずに震えている。

それを見ていた真一さんは、

「おい吉田。なんか食え。ほら、肉食えよ。肉食えば体あったまるからさ」

吉田さんはなおも震え続けている。

その様子にだんだんと皆のテンションは下がってしまった。

もちろん心配もあった。

食材はほとんど残っていたがもう帰ろうということになり、炭の始末もしてテントも片付けた。

ところが、困ったのは帰りだ。車の持ち主は吉田さんであり、運転してきたのも彼だった。とうてい運転ができる状況ではなかった。

そのため、代わりに真一さんが運転をすることとなり、吉田さんは後部座席に寝かせ上着やタオルをかけた。


N渓谷を出たのは三時半頃だったという。

日曜日のため救急にはなるが、途中で病院へ行こうと提案をした。しかし本人は「病院は無駄になるからいい」と拒む。少し腹をたてた真一さんは「無駄とか言うなよ」と叱ったが、皆でそれをなだめ病院へは行かずに都内の吉田さんの自宅アパートを目指した。

アパートに到着したのは十八時頃だった。

途中で帰る者はおらず、五人ともついていき部屋に入るとすぐに布団を敷いて彼を寝かせた。

真一さんが吉田さんの実家が近くにあることを思い出し、母親に来てもらうことにした。

到着した母親に事情を説明し、車で病院へ連れて行こうかと提案すると、

「そろそろお父さんが仕事を終えて帰ってくるから、様子を見てまだ具合が悪そうなら私たちが連れて行くわ。みんな明日も仕事でしょう。あとは私が見ておくから大丈夫だから帰って」

そう言われたので母親に任せると、圭子さんたちはアパートをあとにした。

翌朝は月曜日のためいつもどおりに出社すると、圭子さんと真一さんは上司に呼び出された。

仕事の話だと思っていたがそうではなかった。

「昨日、吉田とどこか行ったのか？」

唐突に訊ねられた。

N渓谷へ行ったことを伝えると、上司は怪訝な表情をした。

「お前たちなにやったんだ。警察来てるぞ」

来客室へ行くと刑事がいて、吉田さんを知っているかと訊ねられた。この職場の同僚でありもちろん知っていると答えると刑事はおもむろに言った。

「吉田さん、昨日、川で溺れませんでした？　どうして溺れた時点で通報しなかったんですか」

「通報？　通報って、なにかあったんですか」

「吉田さん、昨晩十八時頃、N渓谷の下流で遺体で発見されたんです」

　圭子さんも真一さんも一瞬言葉が出てこず、

「なにかの間違いじゃないですか。だって昨日のその時間なら、私たち彼を家に送ったころですよ」

　そう答えると刑事は、

「おかしいですね。だって吉田さん、昨日の昼過ぎにはすでに亡くなっているはずなんです。十八時頃、下流で釣りをしていた方が流されてきた吉田さんのご遺体を発見したんです」

　あまりにも唐突な刑事のその言葉に、真一さんは少し声を荒げ、

「は？　俺たちあいつと一緒に車で戻って来ていますから。人違いです。ほか当たってください」

　反論すると、刑事は更に続ける。

「車？　誰の？　吉田さんの？　そんなはずはないでしょ。だって吉田さんの車なら、

N渓谷の現場に昨日から停めてありますから」

圭子さんと真一さんは確かに車でこちらへ戻って来たことを伝え、街なかの監視カメラを確認するよう頼んでみたが、すでに確認済みであり、こちらに戻ってきた記録はなかったという。

その後も様々なことを尋問された。

転覆したのは何時頃だったか。

溺れたときに彼はなにか言っていなかったか。

更には真一さんたちが吉田さんをわざと溺れさせたのではないか。

殺害の疑いまでかけられた。

まったく腑《ふ》に落ちなかったが、ふたりは昨日のことを誠心誠意伝えると、刑事も首を傾げながら話を聞き、帰って行った。

圭子さんも真一さんもそれ以降、刑事から呼び出されることはなかった。事件性はないと判断され、吉田さんのことは事故として処理された。

その後、時間を作ってあの日N渓谷へ行った五人で集まる機会をもうけた。

「私たちどうやって帰ってきたのかな。車じゃないとしたら電車?」

「いや、確かに乗ったよな」

「吉田君と一緒に帰ってきたよね」

皆、口々に言う。すると真一さんがこんなことを言い出した。

「でも今思い返してみると、あいつ、変なこと言ってたよな」

バーベキューのときに震えていた吉田さんに「肉食えよ。肉食えば体あったまるから」と声をかけた際、こう答えたという。

「俺、もうそういうの食えないから」

病院へ行くかと訊ねた際も「無駄になるからいい」と確かに言っていた。

「もしかしたら吉田、本当にあのときすでに死んでいたのかもしれないな。川の中で苦しくて寒くてひとりで辛かっただろうな」

真一さんはそう言うと涙を流した。

しかし、確かに全員一緒に車で帰って来たと記憶している。

車でないとすればどうやって帰ってきたのか、そしていったい自分たちは誰を連れて帰ってきたのか。

いくら話し合ってもわからなかった。

また、不思議なことには吉田さんは遺体発見時、Tシャツにスウェットのズボンという姿だったが、一緒に出かけたときは、ジーンズを穿いていた。スウェットに穿き替えさせたのは、東京の彼のアパートへ戻って来てからで、その姿にさせたのは真一さんたちだった。しかし同時刻、吉田さんはN渓谷の下流で遺体で発見されていた。

更に吉田さんの母親の証言だ。

父親を迎えに行った数分後、アパートへ戻ってくると吉田さんの姿は忽然と消えており、布団だけが敷かれていた。まるではじめから誰も寝ていなかったかのようにきれいなままだった。その掛け布団をめくった母親は飛び上がった。中はぐっしょりと濡れていたという。

あれから二十年ちかく経った今、圭子さんは職場を離れた。

真一さんたちとは時おり連絡を取るそうなのだが、例の件については未だになんだったのか誰もわからないという。

彼らが行った場所は水難事故も多く、鉄砲水がくることもしばしばあるそうだ。川遊びに行かれる際にはくれぐれも安全に注意してほしい。

アパート

役者を目指して千葉の実家から東京へ出てきたのは、今から十八年ほど前のことになる。

とくに住みたい場所もなかったのだが、ふと立ち寄った駅の改札を出て目の前にあった不動産屋に入った。

希望の間取りと予算を伝えると、すぐに案内してくれるというのでついて行った。

このとき初めて見に行ったのが、下町にある築三十年を越える木造二階建ての古いアパートだった。

外階段を上ったところにある扉を開けると左右に二部屋ずつあり、右奥の二〇二号室が空いているというので見せてもらうことになった。

和室が二部屋の2K。大きな掃き出しの窓があり日当たり良好。大きな押入れと天袋もあった。

当時すでに劇団に所属していたため、衣装や小道具を大量に持っていたのでこの広さがあればじゅうぶんだとひと目見て気に入った。

「ここにします」

その場で不動産屋に伝えると、

「え？　本当に良いんですか」

一瞬表情が少し曇ったようにも感じた。

「もっと良いところも案内できますよ」

「いえ、ここが気に入ったので」

「フローリングでお家賃も同じくらいのところもありますし」

「だいじょうぶです。ここにします」

そのあと不動産屋は何度も「本当にここで良いんですか」と念を押すように言っていたが、この日のうちにすぐに契約をして引っ越しを決めた。

引っ越しの当日。一階には大家夫婦が住んでいると聞いていたので挨拶にいくと、中から出てきたのは老夫婦だった。

当時二十代だった私を見ると、奥さんは、

「あなたみたいな若い方がこんなボロアパートに住んでくれるなんて嬉しいわ」

そう言って歓迎してくれた。ご主人も隣でニコニコ笑う。

東京でのひとり暮らしはなんとなく心細いのではないかと思っていたが、一階に祖父母がいるようで安心できた。


このアパートに住みはじめて一週間ほど経ったある晩のことだった。

まだ片付いていない部屋の真ん中に布団を敷いて眠っていると、突然どこからか女性の悲鳴が聞こえ、目が覚めた。

(近所でカップルがケンカでもしているんだろうか)

少し野次馬心も働きじっと耳を澄ましていると、またその悲鳴は聞こえた。ところがふと疑問を感じた。悲鳴と同時に振動を感じたからだ。

近所から聞こえていると思っていたその悲鳴は、ひょっとして今自分のいるこのアパート内からなのではないかと感じた。布団をめくりカーディガンを羽織ると玄関のドアノブを握って扉を開けた。

廊下の電気が消えかかり、チカチカと点滅している。

暗くてはっきりとは見えないが、廊下の隅に髪の短い痩せた女性が立っており、私は思わず「こんばんは」と声をかけていた。

女性は私を見るとまた悲鳴をあげた。

驚いたのもつかの間、ドアノブを握っている右手を反対側から誰かに勢いよく引っ張られ、廊下に飛び出てしまった。

ドアの裏側から出てきたのは一階に住む大家夫婦で、奥さんが、

「こんな真夜中にごめんなさいね、大騒ぎしちゃって。実はうちの姪《めい》なんですよ」

と言いながらその女性の手をつかみ、隣の二〇一号室へ連れて行き中へ押し込むと鍵をかけた。

それが済むとご主人が、

「すみませんね。でも安心していただいて結構ですから。すぐにいなくなりますから」

ふたりは頭を下げると外階段を下りて帰って行った。

（隣に厄介な人が住んでいるのか、困ったな）

少しは思ったが、劇団のことで頭がいっぱいだった私はそのまま眠った。

一週間後。

ご主人の言うとおり、女性の姿は見えなくなった。

それから半年ほど経ち、ある異変に気がついた。ここのところ大家の奥さんの姿をまったく見ていない。ほとんど毎日のように顔を合わせていたのに気がつくとずいぶんと会っていなかった。もしかしたら体調でも崩しているんだろうか。心配になりご主人に聞いてみた。

「最近奥さん見かけませんけど、お元気にしていらっしゃいますか」

するとご主人は、こう答えた。

「死にました」

「えっ、いつですか」

「一週間ほど前に死んだんですよ」

まったく知らなかった。同じアパート内にいるのに、葬式があったことさえも。

奥さんが亡くなったと聞いたその晩のことだ。真夜中にふと目が覚めた。部屋の中が変だ。

（なんだろう）

すぐに原因がわかった。仰向けで寝ている私のすぐ隣に誰かが寝ている。ひとり暮らしで交際している人もいない。泊まりにくる約束をしていた友人もいなかった。

ではこの隣で寝ているのはいったい誰だろう。相手に気づかれないようそっと見るとすぐ目の前に後頭部がある。ぎょっとした。髪の短い、恐らく若い女性だ。

逃げるべきか警察を呼ぶべきか一瞬で色んなことを考えた。

ところが（なにかがおかしい）と感じた。

ふだん襖のギリギリのところに布団を敷いて寝ているのだが、彼女は襖と私の間、数十センチの狭いところに挟まるような状態でこちらに背を向けている。つまり、その体の前半分が襖に埋まっているのだ。

（生きてる人じゃない）

全身に鳥肌が立つ。

彼女がぽつりとつぶやいた。

「こわい」

「え、なにが？」

反射的に答えてしまった。

「こわい。このアパートこわい。この部屋こわい。だってここ、おばあさんとかいるでしょう?」

「え、おばあさん?」

彼女はゆっくりと寝返りをうち、こちらを向こうとした。

(絶対に見たらだめだ)

そう感じ彼女がこちらに向くのと同時に反対方向に体をひねった。

——死んだはずの大家の奥さんが座っていて、真上から私を見下ろしていた。

気がついたら眠っていた。変な夢でも見たんだろうと思った。

婭だという女性がいなくなった隣の二〇一号室は、しばらくの間は空き部屋になっていたのだが、あるとき単身の高齢女性が越してきた。演歌が好きらしく、よく同じ歌手の曲の鼻歌を歌っていた。ところが三ヶ月ほどして鼻歌は聞こえなくなった。そのころから高齢の女性の姿は見なくなった。

その後は若い男性が越してきた。彼は二週間ほどで姿を見なくなった。

それからも何人も引っ越して来ては出て行ってしまうことが続いた。

やがてあるときから自分の部屋に異変を感じるようになった。

帰宅すると微妙に家具の位置がずれていたり、風呂場に見たこともない機械の部品のようなものが落ちていたり、開けていないはずの押入れの天袋が開いていたり。不思議なことがたて続けに起きた。

（このままこのアパートに住んでいたら、なにか大変なことに巻き込まれるかもしれない）

そう感じてしばらく実家で過ごすことにした。千葉から東京の劇団へ通うのか、それとも役者をやめて就職するか、東京で役者として頑張るのか。散々考えた。約一ヶ月もの間実家で過ごし、私は結局またこの東京のアパートへ戻ってきた。

外階段を上がり扉を開けると、向かいの二〇三号室に住んでいる七十代の吉岡さんの部屋の扉が開いていた。中から私を手招きしている。

「どうしたんですか」

「わたし、このアパートが怖いのよ。ちょっとあなたに見てもらいたいものがあるんだけど、悪いけど、家にあがってくれないかしら」

なんとなく家の中へ入ることが厭だった。

「いえ、ここにいます。ここから見てます」

そう答え終える前に吉岡さんは部屋の奥へ歩きはじめ、押入れの前に立った。

玄関から見て押入れは部屋の奥の正面にある。

押入れの襖の四隅にはガムテープが貼り付けられていた。かなり前に貼ったのかガムテープはボロボロになっており、長い間この襖が開けられていないことは容易に想像ができた。

吉岡さんはガムテープの隅を爪で少しずつ剥がしだした。四隅に貼られたそのすべてを剥がすその間、私たちはなにも話さなかった。やがてテープが剥がされ、襖を開けた。

「これ見て」

押入れの中を指さしこちらを見た。

中にひと組の綿布団がある。

「これね、もうずいぶん前のことだけど、使おうと思って持ち上げたらおかしいのよ。なんでか、びしょ濡れだったの。豆電球にしていたからよく見えなくて。雨漏りかと思ったんだけど、違うのよ。電気点けたらそれ、血なの。驚いたわ。だってすごい量だったのよ。なんでこんなことになっちゃったのかしらってよく見たら、天井も壁も血だらけなのよ。ねえ、何年か前に一階の大家の奥さんが亡くなったことは知ってるわよね。お葬式もなにも出ていないのよ。奥さんいったいどこへ行っちゃったのかしら。あ、それからあなたの隣の部屋の二〇一号室だけど、みんな引っ越してきては出て行っちゃうでしょう？　あれ、引っ越して行ってるんじゃないと思うの。大家の奥さんも二〇一号室の人たちもみんな、この天井裏にいると思うのよ」

そう言って吉岡さんは天井を仰いだ。

吉岡さんの言っていることが気味悪くて、なにも答えることができなかった。

私はなにかに連れられるように部屋に上がってしまった。

おそるおそる押入れに顔を入れて中を覗いてみた。

天井、壁いっぱいに茶色い染みのようなものがべったりとついていた。何年も経って変色したのだろう。

「このアパートが怖いのよ。だからお願い、いなくならないでね。私をひとりにしないでね」

吉岡さんは懇願の眼差しでじっとこちらを見つめると、私の手を握りしめた。その手は震えていた。

数日後、ある不動産会社が突然アパートを訪ねてきた。

大家の奥さんの死後、当時の不動産屋とは契約がなくなったとご主人から聞き、家賃は手渡しにしていた。

知らない不動産会社がなんの用だろう。

彼は、

「ご希望を言っていただければいくらでもお支払いしますので、すぐにこのアパートから出て行ってください。引っ越し先も一緒に探します」

額の汗を拭いながら言う。

確か三十万円ちかくの金額を手渡され、私も二〇三号室の吉岡さんもなんの理由も聞かされないままこのアパートからすぐに強制退去させられた。

引っ越しをして二年が経ったある夜。仕事帰りにぼんやりと道を歩いていると、気がついたら無意識に以前住んでいたあたりにきていた。よく見てみるとあのアパートのあった場所だった。建物自体は完全に取り壊され、まっさらな更地になっていた。

この更地の前に立ったとき、私はあることを思い出した。

あの日、大家のご主人が奥さんが亡くなったと言っていたあの日のことを。


「最近奥さん見かけませんけど、お元気にしていらっしゃいますか」

「死にました」

「えっ、いつですか」

「一週間ほど前に死んだんですよ」

ひひひ……

あのとき、ご主人は笑っていた。なぜかそのときはまったく気がついていなかった。

もしかしたら自分自身が一番おかしくなっていたのかもしれない。

なぜなら、そんなことがあったアパートに、私は十三年もの間住んでいたのだ。

もしあのとき強制退去になっていなかったら、今頃私はどうなっていたのだろう。

強制退去の理由は聞かせてもらえなかったが、出て行くまでの間に不動産屋以外にも探偵や役所の人間がよくこのアパートへ訪ねてきていた。

あとでわかったことだが、長年ご主人だと思っていたあの老人は、本当のご主人ではなかった。

亡くなった大家の奥さんの親族が弁護士事務所を通して書類を送ってきてそれがわかった。その中には戸籍謄本もあり、そこに奥さんと本当のご主人の死亡日が書かれていた。ふたりは一日違いで亡くなっていた。

奥さんが亡くなったときに近所では「殺されたのではないか」との噂もあった。向かいの吉岡さんもしきりに「奥さんは殺されたのよ」と言っていたが、当時は聞き流していた。あの押入れの血の染みを見て、吉岡さんが言っていたことをやっと理解することができた。

奥さんと二〇一号室の住人たちはいったいどこへ行ったのか。

結局わからないままだ。

あとがき

ライブを終えご挨拶に伺うと、ときどき涙を流されているお客様がいます。語りは映像がないのでお客様ご自身の脳内で情景が描かれますので、みなさまそれぞれ異なるビジョンが再生されていることでしょう。

同じ話を聞いていても怖いと感じる方もいればそうでない方もいます。涙を流された方にその理由を伺ったところ、ある方は「怖かったから」と言い、別の方は「かわいそうだったから」と答えました。

どの登場人物に感情をもっていくかによっても受けとめ方は変わってくるんですね。

聞いたことのない話を聞くときのワクワク感は、我々伝える側も同じことです。

取材をしていると、恐怖や懐かしさや悲しさ、悔しさなどさまざまな感情でいっぱいになります。

そのときの感情をなるべくそのまま聞き手や読者のみなさまにお届けできるよう努めていきたいと思います。


最後までお読みいただきありがとうございます。

今回も、幽霊が出てくる話からまったく出てこない不思議な話まで、さまざまな怪異譚を収録させていただきました。

「怖い体験をしたことはありますか」と聞くと大抵の方が「ないです」と即答します。

それはそうですよね。

そのなかで、「全然怖くないけどいいですか」と言ってお話くださる方が、実はとんでもない体験をされていることもあるので、それを聞くことができたときは思わずガッツポーズです。

まだ心の内に秘めた誰にも語っていない怖い体験があなたにもあるのではないでしょうか。

忘れてしまったのか、それとも思い出したくないほどの恐怖だったのか。

勇気を出して思い出してみてください。

そしてその貴重な体験をぜひお聞かせください。
いつでもお待ちしております。

今回もお話を快く聞かせてくださいました体験者のみなさまありがとうございます。
誰かの大切な記憶を別の誰かにお届けする。そしてそれを広げていく。
貴重な機会をいただきとても光栄です。
お話することで亡くなった方々の供養になりますように。

それではまたいつかこの世の裏側でお会いいたしましょう。

二〇一九年　十月某日　牛抱せん夏

実話怪談　幽廓

2019年11月4日　初版第1刷発行

著者　牛抱せん夏
企画・編集　中西如（Studio DARA）
発行人　後藤明信
発行所　株式会社 竹書房
〒102-0072 東京都千代田区飯田橋2-7-3
電話03（3264）1576（代表）
電話03（3234）6208（編集）
http://www.takeshobo.co.jp
印刷所　中央精版印刷株式会社

定価はカバーに表示しています。
落丁・乱丁本の場合は竹書房までお問い合わせください。

ISBN978-4-8019-2043-9 C0193

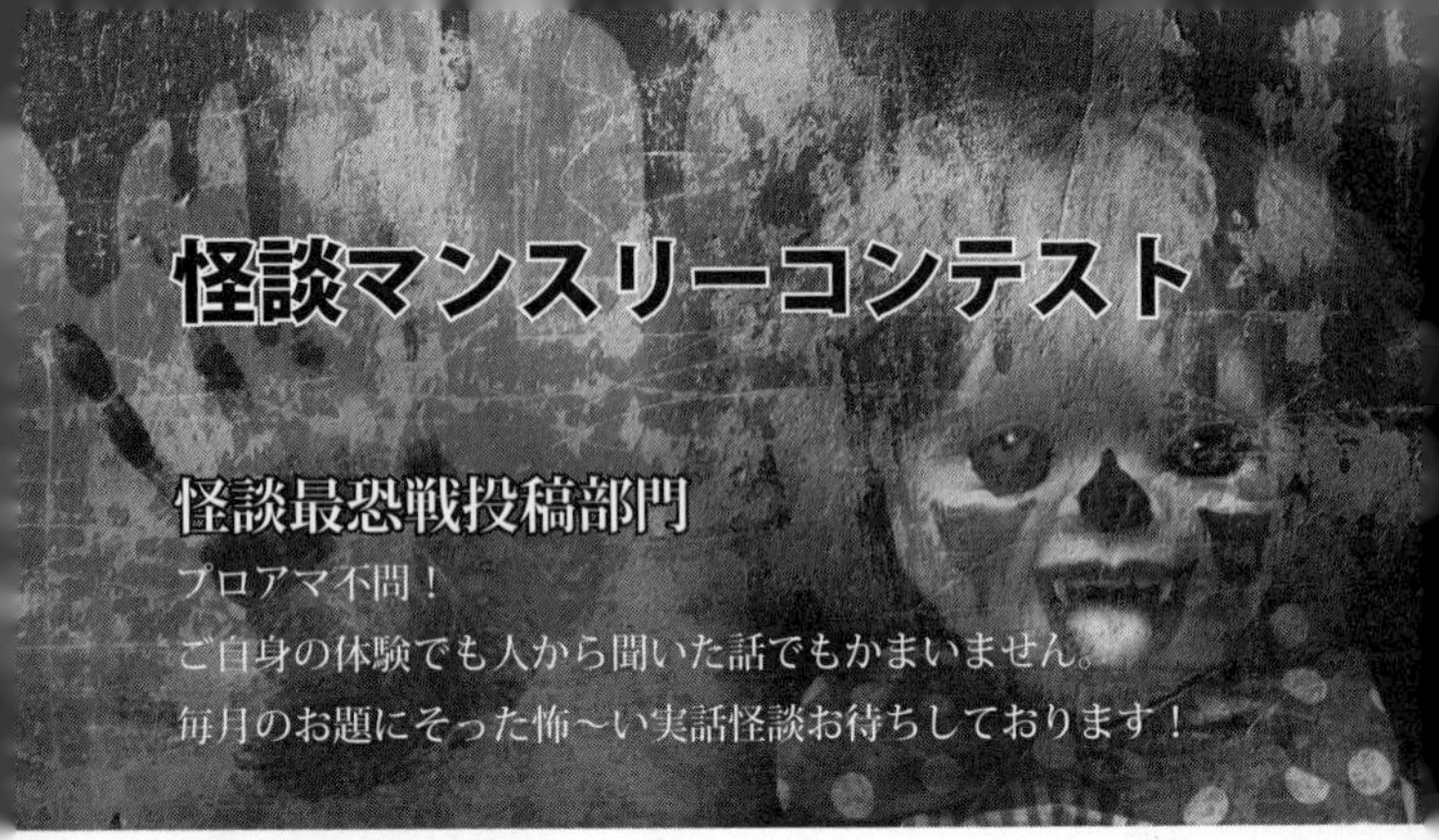

【11 月期募集概要】
お題：服に纏わる怖い話

原稿：　1,000 字以内の、未発表の実話怪談。
締切：　2019 年 11 月 20 日 24 時
結果発表：　2019 年 11 月 29 日
☆**最恐賞 1 名**：Amazon ギフト 3000 円を贈呈。
※後日、文庫化のチャンスあり！
佳作 3 名：ご希望の弊社恐怖文庫 1 冊、贈呈。

応募方法：　①または②にて受け付けます。

①応募フォーム
フォーム内の項目「メールアドレス」「ペンネーム」「本名」「作品タイトル」を記入の上、「作品本文（1,000 字以内）」にて原稿ご応募ください。

応募フォーム→ http://www.takeshobo.co.jp/sp/kyofu_month/

②メール
件名に【怪談最恐戦マンスリーコンテスト 11 月応募作品】と入力。
本文に、「タイトル」「ペンネーム」「本名」「メールアドレス」を記入の上、原稿を直接貼り付けてご応募ください。

宛先：　kowabana@takeshobo.co.jp

たくさんのご応募お待ちしております！